えっ、能力なしでパーティ追放された俺が全属性魔法使い!?

e, nouryokunasi de party tsuihou sareta ore ga zenzokusei mahou tsukai!?

～最強のオールラウンダー目指して謙虚に頑張ります～

Author
たかた ちひろ
Takata Chihiro

Illust.
たば

アリアナ
明るく活発なタイラーの幼馴染。水属性魔法と弓を使うのが得意。
マリア
山の中でモンスターに襲われていたところ、タイラーに救われた少女。
タイラー
魔法が一切使えないことを理由に、パーティから追い出された冒険者。全属性魔法を習得した後、冒険者として再出発する。

テンバス公爵家の次男。風属性魔法を得意とする。

ゼクト

タイラーがいたパーティの元リーダー。普段は大人しいが、実は短気。

エチカ

タイラーの妹。身体は弱いが、しっかり者。

キューちゃん

タイラーが召喚した高位の精霊獣。普段は猫の姿でいることが多い。

一章　全属性魔法が使えるようになりました

ギルドで受けた依頼をこなすため、ダンジョンを探索している最中、俺――タイラー・ソリスとパーティメンバーの三人は強力な敵モンスターと遭遇してしまった。

隣では、リーダーのゼクト・ラスターンが、ずれた眼鏡を震える手でかけ直しながら、悲鳴まじりに叫び出す。

「なんで中級ダンジョンに、あんな化け物がいる!?」

今俺たちの目の前にいるのは、ワイバーンという獰猛なモンスターだ。遠距離、近距離とも恐ろしい攻撃力を誇り、冒険者の間では銀翼竜と呼ばれ恐れられている。

初級、中級、上級、超上級とランク分けされているダンジョンにおいて、本来なら超上級ダンジョンにしか出現しないと言われているはずなのに……想定外の出来事だ。

戦うまでもなく、歯が立たない。

そう、メンバーの誰もが察していた。

パーティメンバーのアリアナ・ベネットとシータ・ハートリーは、攻撃を繰り出しながら、必死に逃げ惑う。

ゼクトも隙を見て、黒い双剣の先から火の玉を飛ばすが、ワイバーンにはまったく効果がなさそうだ。それどころか、あっさり弾き返されていた。

俺はといえば、三人と違って魔法が使えないため、ワイバーンの攻撃を躱しつつ、この状況を打開する術を考える。

ワイバーンはそんな光景を嘲笑うかのように、悠然と天井近くを旋回していた。そして大きな翼で風を起こし、あちこちに業火の息を吹く。

咆哮がダンジョン内に轟くと、天井はその振動に耐えきれず、パラパラと破片を落としていた。

「タライ！　お得意の戦術でどうにか回避できないのですか！」

ゼクトが俺に向かって怒鳴り声をあげる。

タライというのは、彼が俺につけた蔑称だ。

剣術、戦術、体術などに心得こそあれ、俺は魔法が一切使えない。

火属性魔法と双剣で戦うゼクトのように、冒険者は、魔法と武器を組み合わせることで、ようやくモンスターと渡り合えるようになる。だが、俺にはその戦い方ができないのだ。

タライという名前は、俺の本名と戦闘で前衛としてほとんど戦えないお荷物という意味からつけられた。

「……すまん。今の段階では何も……」

「君はこんな時まで使えないのですね。ろくに戦闘もできないくせに、ふざけているのでしょうか！」

俺の返答に、声を荒らげながら罵倒するゼクト。

「元々君のことは、伝説の冒険者の息子だっていうから、パーティに加えてやっただけなんです！親の能力を母親の腹の中に置いてきたのですか。その腰の立派な剣も、戦えない君が持っていては飾りとしか思えませんねぇ」

こんな危機的状況にもかかわらず、俺を貶す時だけイキイキとしていた。

奴が言うように、俺の親父はランティス・ソリスという、歴史に名を残した冒険者だ。俺が冒険者になる少し前にダンジョンで謎の死を遂げたのだが、複数の魔法属性を使用できる稀有な存在でもあった。

だから息子の俺も、もしかしたら強力な属性魔法が使えるのではないかと思ったのだが……

魔法属性が誰であっても発現するはずの十五歳の誕生日、俺は魔法を使えないままだった。

本来ならステータスボードに、火や水など発現した属性が記されるのだが、俺のボードに表示されたのは、**「???」**という文字だ。

発現するのが少し遅いだけかと思ったが、それから丸二年が経って、十七歳の誕生日を迎えた今日まで、いまだに一つの魔法属性も発現していない。

だからゼクトに蔑まれるのも、仕方ないことではある。

悔しさを抑えて、自分を納得させた俺は戦略を再び考えはじめた。

状況は依然厳しい。ワイバーンは、人に遭遇したことで興奮しているらしく、一向に退いてくれる気配はない。出口を塞がれれば、一巻の終わりだろう。

しかし出口までの距離は遠く、四人で一斉に向かえば一網打尽にされかねない。

ダンジョン内が明るいので、視界は利いていて、敵の姿や攻撃が見えるのが不幸中の幸いだが、それだけではどうにもならない。

俺は現段階で出た結論をゼクトに伝える。

「隙さえ作れれば逃げられるかもしれないが……他は何も思い浮かばない、ごめん」

「ちっ、本当に役に立たないな。息子が引き継いだのは苗字と武器だけかよ」

俺の言葉に、ゼクトは怒りをあらわにする。

普段は物静かで優等生のふりをしている男だが、怒ると手をつけられない、短気で粗野なタイプなのだ。

いつの間にか、普段は丁寧な口調も荒くなっていた。

「タイラーにばかり当たるのはやめなさいよ！　それもこんな時に！」

アリアナが攻撃を上手く回避しながら、ゼクトの暴言を止めてくれた。

水属性魔法と弓の使い手の彼女は、走っている姿も絵になる美人である。華奢でありながら、出るところは出た身体に、髪留めでまとめた長い蜜柑色の髪と切れ長の目。

こんな状況でなかったら、見惚れていたかもしれない。

「この無能が使えないのは本当だろ！」

「タイラーはよくやってるわよ。そもそもここまで来られたのも、彼が誘導してくれたからじゃない！」

「それでこんな目に遭ってるんだぞ⁉」

「それはたまたまでしょ。ここまでは敵に遭遇せずに来てたわ」

アリアナが必死で俺を擁護する。

実際、ここでワイバーンと対峙するまで、俺はモンスターの気配を察知し、戦闘を避ける道を選んできた。

だが、ワイバーンに限っては、眠っていて陰に身を潜めていたため、気づけなかったのだ。

それまでは、今日は俺の誕生日だから、もしかしたらモンスターと出くわさなかったのも、そのお祝いに神様が授けてくれた強運かと思っていた。

そこへきて、この仕打ちは酷すぎる。

「最後にこんな化け物引き当てるくらいなら、序盤でモンスターと戦闘した方がましだろ！」

そう吐き捨てるゼクト。数秒後、彼のすぐ横を火球が通り過ぎた。

直撃は避けたようだが、勢いでゼクトは吹き飛ばされてしまう。

「ゼクト、大丈夫か！」

俺は声をあげて、ゼクトの元に駆け寄った。

『仲間は大事にしろ』とは死んだ親父の言いつけであり、家訓だ。

『大切な人に弱いところを見せるな』と並んで、よく言われていた。

ゼクトにはしょっちゅう罵られていたが、パーティを組んでいるのだから、仲間は仲間だ。

だが、彼は俺の姿を一瞥すると、突然笑いはじめる。

絶望のあまり、おかしくなってしまったのだろうか。

「はは、はははっ。思いついたぞ、逃げられる方法を！」

「なによ、どういう方法？」

アリアナが急かすように問う。

「こいつを、タライを捨てればいいんだ。この無能を盾にして、時間を稼ぎ、その間に逃げれば全て丸く収まる」

俺を、このワイバーンの生贄にする……？

「はぁ!? なに言ってんだよ！」

「そうよ、ふざけないで！」

俺の叫びと、アリアナの抗議の声が重なった。だが、ゼクトは取り合わない。

「ふざけてなんかない。隙が作れればと言ったのはタライだしな。これは戦略的撤退だよ。それを私が考えてやったのだ、無能のタライに代わって。はははっ！　シータ！　この無能を始末しなさい」

それまで無言で攻撃をかわすことに専念していたシータに、ゼクトがそう命じる。

彼女は、その杖で様々な魔術を扱う雷属性の魔導師だ。長い付き合いだが、物静かで、何を考えているのかあまり分からない。

「……了解」

切り揃えた紫色の髪に目を隠して、こくりと頷くシータ。

「おい、シータ！　やめろ！」

「そうよ、どうしちゃったの、シータ！」

しかし、俺とアリアナの主張は届かない。

「……ごめん。あたし、ここで死ぬわけにはいかないから」

彼女はこちらから顔を背けると、俺の周囲に電気のベールを作った。

「ぐああっ！」

少し触れてみたが、想定以上の威力に俺はしゃがみこむ。

抜け出すのは困難そうだった。

どうやら本当に生贄にするつもりらしい。このままでは籠に囚われたも同然だ。どうあがいても、ワイバーンに捕食されるのは避けられない。

……くそ、なんでこんなことに。

歯噛みしかできない無力な俺を見下ろしながら、ゼクトが嘲笑する。

「はは、いい気味だ！　使えない奴が最後に役に立ってよかったよ、まったく。お前は所詮家畜のようなもの。タライの代わりなんていくらでも拾ってこれるからね」

「……おい、待てよ。仲間だろ⁉　ずっと競い合ってきたじゃないか！」

今でこそ溝ができてしまったとはいえ、幼い頃から四人、仲良くやってきたはずだ。

特にゼクトとは、男同士ということもあり、切磋琢磨してきた。

その頃を引き合いに出し、どうにか思い留まるよう呼びかける……が、ゼクトはその言葉を聞いて、再び笑い出した。

「ははっ、あーだめだ、面白いことを言うなぁ、タライは。仲間とか好敵手というのは、対等だからそう呼ぶんだよ。今の私とタライでは、ご主人様と奴隷と言った方がふさわしい」

ゼクトはこの状況下で、悦に入っているようだった。もはや俺の言葉は届きそうにない。

「あなたね、自分がなにやってるか分かってるの⁉」

変わらずアリアナだけが俺を庇ってくれるが、ゼクトはもう背を向けていた。

「行きますよ、シータ、アリアナ。私と一緒に帰りましょう」

「おい、ゼクト！　待ってくれ」

「待つわけがないだろう、馬鹿者。ははは！」

そのまま高笑いとともに、ゼクトは走り出した。シータも若干の未練がある素振りを見せつつ、彼の後を追って走り去っていく。

「……こんなところで終わりかよ」

俺は、歯をぎりっと鳴らした。信頼していた仲間に裏切られたショックもあるが、それだけが理由ではない。

家に残してきた妹、エチカのことが引っかかっていたのだ。

エチカは俺の四つ下で十三歳。若くして亡くなった母と同じで、昔から病弱だった。

そして数年前、親父がダンジョンで亡くなってからは、俺がどうにか面倒を見てきたのだ。

俺がいなくなった後の彼女のことを考えると、死んでも死にきれない。エチカのためにも生き残らなくては。

改めて前を向くと、ワイバーンはもう俺に狙いをつけていた。

その口の奥では、火炎の塊が渦巻いている。あれが当たったらひとたまりもないだろう。

「ウォーターシャフト！」

打つ手なしかと思ったその時、ワイバーンの首元に一本の矢が刺さった。

どこからともなく飛んできた矢に驚き、後ろを振り向くと、そこには仁王立ちするアリアナの姿。

「アリアナ！　なにをしてるのです、こっちに来なさい！」

来た時に通った広間の入口までたどり着いたゼクトが、随分遠くから彼女に呼びかけている。

「あんたの言うことなんか聞くもんですか！　この裏切り者！」

ゼクトの言葉に反抗しつつ、アリアナは弓を引く手を止めない。

「はは、あなたのことは裏切りませんよ。結婚してやったっていいですよ、シータとまとめてねぇ！」

「うるさいっ、この変態っ！」

叫びとともに放たれた一閃は、再びワイバーンの首元を穿つ。

だが効果はなく、ぴんぴんとして、低空を悠々と飛んでいる。

彼女はめげずに、気丈にも、ワイバーンに向けて弓を構え続ける。

「やめろ、アリアナ！　無駄だ」

レベル10で、パーティの中では優秀なアリアナだが、今回は相手が強すぎる。

圧倒的な実力差で、見るに堪えない。

こんな状況下でも守ろうとしてくれるのはありがたいが、それで一緒に犬死にしては意味がない。

「……行けよ、ゼクトのところ。アリアナには生きてほしい。エチカのこと、頼むよ」

「嫌よ」

「なんでだ、このままだと死ぬぞ？」

俺を助けようとしてくれる気持ちは嬉しいが、アリアナをこれ以上危険な目に遭わせたくはなかった。

「そもそも私がこのパーティに入ったのは、タイラーがいるからなの！　それに……」

「それに？」

「あなた、今日誕生日でしょ！　そんな大事な日に死なせるわけにはいかないの。生きて帰るよ、絶対！　エチカちゃんだって待ってるんだから」

「……アリアナ、知ってたのかよ」

誰にも祝われないから、てっきり忘れられていたものと思っていた。

「当たり前じゃない。何年祝ってきたと思ってるのよ」

「……十年以上だな」

「そう。それで忘れると思う!?　とにかく、こんなところで死なせるわけにはいかないのよ」

「……なんで」

「あなたが死んだら、私の生きてる意味がなくなるもの」

そこまで大事に思っていてくれただなんて知らなかった。俺はうっかり泣きそうになって、最後の一線で堪える。感傷に浸っている場合ではない。

アリアナは諦めないでくれている。まずはこの状況をどうにかすることに必死になるべきだ。

やれることはないかと、まず俺はステータスボードを表示させる。**「???」**と表示された属性部分を連打してみた。

こんなことは、これまでにも何度もやった。透明なのでひたすらすり抜けるだけ。なにも起こることはなかったのだが……

「……なんだこれ」

今日は様子がおかしい。

『残り十秒』

今まで見たことのない表示がステータスボードの下部に記されていたのだ。

いったい何のカウントダウンだろうか。

気を取られている俺に向かって、ワイバーンが一段と大きな火球を吐いてくるが、それは途中でかき消えた。

アリアナが水魔法を纏わせた矢を放って対処してくれたらしい。

しかしそれにより、ワイバーンの攻撃の矛先が彼女に向く。

「きゃっ!」

ワイバーンが生み出した鋭い風の刃が、彼女の肩を掠めた。

致命傷ではなさそうだが、出血がひどい。

白地に縁取るような橙色の線が入った、彼女お気に入りの戦闘服が赤く染まる。

「アリアナ！　俺の後ろに隠れろ！」

「い、いやよ！　あなた死ぬつもりでしょ!?　絶対いや！」

「だからってそんな怪我までして、どうすんだよ！」

『残り五秒』

狭いダンジョンの中、ワイバーンは大きく羽を広げ、恐ろしい風圧を巻き起こして飛び上がる。

巨体を針のように尖らせると、アリアナめがけて急降下してきた。

『残り一秒』

「アリアナ！」

電気のベールで死んだらその時はその時だ。それよりも、目の前で大切な人を失うわけにはいかない。

俺は、意を決して電気のベールの外へと飛び出した。全身が針で刺されたように痛む。

見上げれば、ワイバーンは体に火を纏わせながら上空から迫っていた。

俺はアリアナの前に立ち、鞘から刀を抜く。

「タイラーの馬鹿っ！」

正面から斬ってかかって、敵うわけもないが、どうにかアリアナだけは守らなくてはならない。

何かの奇跡が起きないかと防御魔法の詠唱を唱えてみる。

覚悟を決めた俺が、剣を振ったその時――――

『時間になりました。これより、冒険者タイラー・ソリスに全属性魔法を付与します』

不思議な声が頭の中に流れた。

死を覚悟していたが、いつまで経っても痛みが襲ってこないので、しばらくして目を開ける。

俺とアリアナの前に、地面から湧き出るように水壁ができていた。

ワイバーンは、その奥で羽を痛めたのか、よろよろと飛び上がるところだった。

どうやらこの水壁が、ワイバーンの巨体を弾き返したらしい。

アリアナの水属性魔法のおかげか……？

そう思って、彼女の方を振り向くが、ふるふると首を横に振っている。

では一体、この強力な水壁は誰が生み出したんだ？

まさか、魔法を使用できないはずの俺がこの水壁を発動したのか。しかも、ワイバーンの体当たりを物ともしない、強固な防御壁を……？

目の前の状況に理解が追いつかず、目を瞬いていると目の前のアリアナが声をあげた。

「……私、今思い出した。あなたのお父さんの秘密……そういえば聞いたことがあったわ！」

「親父のこと？」

「そうよ。あなたのお父さんは、火、水、雷の三属性の魔法を使えたでしょ」

彼女の言う通り、俺の親父は魔法の天才と誰からも称賛されていた。それでいて努力を惜しまない、一流の冒険者だった。

そんな親父の秘密って……

「でもね、魔法属性が発現するのが人より二年遅かったんだって！　これって、ちょうど今のタイラーと同じ状況じゃない？」

「俺は聞いてないぞ、そんなこと」

「私も今ようやく思い出したの。元々ママとの雑談の中で聞いたくらいだったし……」

「親父のやつ、どうして俺に隠して……」

そう言いかけて、ふと我が家の家訓が頭をよぎった。

それは『大切な人に弱いところを見せるな』というもの。

まさか、親父は俺に魔法の発現が遅かったことを悟られまいとしたのか。なんだよ、それ。

気が抜けそうになりつつも、再度ステータスボードを確認する。

さっき謎の声が示した通り、**「？？？」**だったところが、びっしり「火、水、風、雷、土、光、闇」と埋まっている。

まさか一つだけでなく七属性魔法の全てが発現した⁉

親父は例外だが、一般的に、使用できる属性魔法は一人につき一種類だったはずだ。

全てレベル1の表示だが、威力はどうなのだろう。

さっきの水壁がワイバーンを軽く跳ね返した以上、それほど低くはないかもしれないが……

何といっても相手はかなり格上のモンスターなのだ。予断を許さない状況には変わりない。

「それで、大丈夫なの？　戦えそう？　無理なら私が……」

「アリアナは下がっててくれよ」

俺は、さも余裕があるかのように笑いかけた。

ともかく、一番効果がありそうなのは……

俺は握っていた刀を一度鞘に納める。柄を握ると、かつてないくらい力が漲ってきた。

魔法を使うという初めての感覚に少し高揚しながら、刀身の先まで魔力を行き渡らせた。

「エレクトリックフラッシュ！」

宙を飛ぶワイバーンの動きを見極めて、抜刀する。

一閃、放たれた青白い斬撃は、自分でも驚くほどに速く大きくワイバーンの全身を覆った。

その勢いはすさまじく、衝撃波は奥の土壁をも揺らす。

「怯みぐらいはしたか……⁉」

「分からないけど、どうかしら」

アリアナと二人、敵の出方を窺って警戒の構えは崩さない。

だが、はたして反撃はやってこなかった。

ワイバーンは、灰と化していたのだ。空中から粗い粒になって降ってくる。

電撃の威力が、ワイバーンの全身を焼き切ったのだろう。

想像以上だ。

怯えることしかできなかったさっきまでとは打って変わって、呆気ない攻防だった。

あのワイバーンを一撃で屠ったことに、自分自身戸惑う。

アリアナも、目が点になっていた。

『冒険者レベルが5から20に上がりました。水魔法、雷魔法のレベルが2に上がりました』

ステータスボードにそんな表示が出た。

冒険者レベルは、強いモンスターや数多くのモンスターを倒すことでその経験値が積み重なって上昇する。どれくらい強敵を倒したかを示す指標のようなものだ。

今まではレベルが上がること自体そんなになかったため、気にはしていなかったのだが……一気に10以上も上がった。

呆然とすることしばし、俺はようやく自分がワイバーンを倒したという事実を実感する。

……勝利したのだ、高ランクモンスターに。ゼクトに今までお荷物扱いされていた俺が。

「勝った、勝ったんだよ！　ワイバーンに！　すごいよっ、本当にすごい！　タイラー、格好いいっ！」

「お、お、おう！」

アリアナが喜んでぴょんぴょん跳ねる。可愛く手をあげるが、さきほど負傷した箇所が痛むらしく、すぐにその手は自身の肩へと伸びた。

「……怪我してたの忘れてたわ。あはは……」

そう言って、アリアナは俺にふらりと寄りかかってきた。

柔らかい、いい匂いがする――だなんて呑気に思ってる場合じゃない。

今の俺なら治療を施せるかもしれなかった。

魔法による治療は、光属性にあたる。

今まで魔法を使えずとも、勉強を怠らなかったおかげで得た知識が、役に立ちそうだ。

彼女の肩に手のひらをかざすと、指先が薄く光って、だんだん温かくなってきた。

「……治せるの？」

「たぶんだけど。ちょっと、じっとしててくれ」

えっと、このまま、傷口に当てていればいいのだろうか。俺が読んだ書物にはそう書いてあったはずだが……

いかんせん、知識があるだけで治療経験がないので分からない。

少しもたついていると、手の光が一層眩しくなって俺は目を瞑る。

ふと目を開けると、なぜか手の光が球体へとまとまり、手のひらから離れていた。

そして球体は次第に形を変え、ふと気づくと毛並みがもふもふした白猫になっていた。

「ご主人様！　ボクが治すにゃん♪」

……やたら輝いて、言葉を発していることを除けば、普通の飼猫のようである。

「か、かわいい～!!」

アリアナが歓喜の声をあげる。痛みを忘れるくらいの愛らしさだったようだ。

実はアリアナは、動物を模したアクセサリーをつけたり、手芸をしてみたり、可愛いものには目がない。

冒険者としての凛々しいところだけでなく、彼女には乙女な一面もあるのだ。

けれど、猫の方はといえば、その好意に応えるつもりはないらしい。

「ボクは、ご主人様の猫なので！」

猫はそう言って俺の肩に乗ると、にゃんにゃん、と頬に身体を擦(こす)りつけてくる。

柔らかすぎる極上の感触に癒(いや)されていると、不思議なことに、全身の痛みが引いていく。

「これ、君のおかげ？」

「そうです！　ボクは精霊獣(せいれいじゅう)で、治療は得意技の一つなんです。ボクがちょこっと触るだけで、少しの傷くらいなら、あら不思議♪　消え失せちゃうのです！」

精霊獣といえば、光属性魔法の使用者のみ召喚することのできる存在で、主に虎などの攻撃用の動物を指すのだが……まさか回復メインの精霊獣がいたなんて知らなかった。

「君、すごいな！」

「ご主人様！　よければこのボクに名前をください」

「あぁ、うん、考えとく。だから、まずはアリアナを治してやってくれないか？」

もふもふとした毛並みの猫は、俺の組んだ腕の中に落ちてくると、小さく丸まる。

「……どうしても？」

少し渋るようにしながら、上目遣いで聞いてきた。

俺が迷わず頷くと、猫は仕方ないにゃ～、と地面へ飛び降り、ぱぁっと身体を輝かせはじめた。

光が収まったあとその場にいたのは、なんと少女だった。

ただし頭には猫耳がついていて、長い尻尾が腰辺りで揺れている。

「嘘(うそ)っ、猫ちゃんが人に⁉」

アリアナの声が裏返る。

俺も驚きすぎて目を見開くことしかできなかった。

毛の色と同じく髪も、雪のような白色をしていた。アリアナとはまた別の種類の可愛さだ。

きゅるんと跳ねた髪にくるくるの目が、なんともあざとい。

「これだけ傷が深いと、人型にならなきゃ治せないんです。ご主人様、よーく見ててくださいね」

俺に目配せをすると、元猫の女の子は、アリアナを抱え上げる。

その直後、あろうことか唇を奪った。

アリアナがじたばたするのも物ともせず、十秒以上口づけが交わされる。

さらにこの猫娘は、アリアナの形の綺麗な胸元にまで手を入れはじめ……

「ち、ちょっと！　み、見ないで、タイラー！」

俺があたふたしているうちに、三分間ほどの過激な時間がようやく終わる。アリアナの傷はすっかり元通りになっていた。

「嘘っ、なんにもない！　傷が塞がってるわ！」

傷を負ったはずの肩には、痕すら残っていない。

ただ、さすがに裂けてしまった服までは戻せないようだ。俺は自分の上着を彼女にかけてやる。

「……ありがとう。優しいのね。知ってたけど！」

そんなアリアナの言葉とともに、チュッと柔らかい感触が頬にあたる。

思いがけぬご褒美を貰ってしまった。かぁっと体が熱くなるのが分かる。

アリアナも、自分からやったくせに、顔が真っ赤だった。

「その、えっと、感謝の気持ちを表したくて！」

「……お、おう！」

俺たちが照れ合っていると、なぜか猫耳少女が、むっと眉（まゆ）を寄せていた。

「ご主人様！　ボクはもっと過激なことだってできますよっ？」

どうやらアリアナに張り合おうとしているようで、そう言いながら薄い生地のワンピースに手をかけようとする。

精霊獣の服って脱げるものなのか？

そんなことを考えているうちに服がどんどんはだけていくので、慌てて止めようとするが、俺一人では止められそうにない。

「アリアナ、手伝って……って、どうした、アリアナ？」

「わ、わ、わ！」

「……わ？」

「私だって、ちょっと脱ぐくらいできるんだからぁぁぁぁっ！」

ダンジョンの天井に反響して、三度こだまするほどの絶叫だった。

しかし、内容が内容だったからか、すぐに恥ずかしくなったようで、アリアナは地面に屈んで、土いじりを始めてしまった。

すごい勢いで掘れていく。

なんだこの可愛い生き物たちは。

そう思って眺めていたら、ふと思いついた。

「……決めたよ、君の名前」

「はっ、ボクの名前！　なんですか、ご主人様っ」

「キューちゃん、ってどうかな」

なんだか、キュートな見た目だし、窮地を救ってもくれた。

「はいっ、ご主人様のつけた名前なら、『ゴミ猫』みたいな名前でも受け入れる所存でしたので、最高です！　百点満点ですっ」

キューちゃんは、とんでもないことを口走りながら、猫の姿へ戻る。

「必要な時がきたら、また呼び出してください！　ボクはご主人様に呼ばれれば、いつでもどこでも出てまいります！　治療だけじゃないですよ、嗅覚を使っての探索も得意ですし！　ボク、とにかく役に立ちますから！」

最後の最後まで自分の能力を売り込みつつ、彼女は俺の中へと溶け入っていった。

これだけの深手が治るのなら、もしかしたらエチカの病だって――

俺にはもう、キューちゃんが必要になる未来が見えていた。

「帰ろうか、アリアナ」

「えぇそうね」

まだ身を丸めていじけていた彼女に、手を伸ばす。

普段ならできないくらい、キザな行為だったかもしれないが、アリアナは迷わず俺の手を握ってくれた。

一方、タイラーを生贄に、ギリギリのところでワイバーンから逃げ延びたゼクトとシータは、一目散にフロアを引き返していたのだが……

ワイバーンのいる広間から一階層下ったところで、彼らを待ち受けていたのは、大量のモンスターたちによる一斉攻撃だった。

数多のモンスターが一堂に会して冒険者を襲う、いわゆるモンスターハウスと呼ばれるトラップだ。

滅多に現れないが、万が一遭遇した時には、生きて帰るのは難しいと言われる地獄の巣窟である。

肉の一片も残らず、白骨になって見つかったパーティもいるとされている。

「なぜこうなるのです！　行きはまったくモンスターなど出てこなかったのに、どうして」

「……あたし、知らない。こんな量、戦えない」

シータが泣きそうになりながら魔法をひたすら放つが、一向に敵の数が減る様子はない。

二人は知らなかった。行きは、モンスターたちがゼクトらを避けていたのだ。

そしてそれは、タイラーがいたからだった。

彼自身にも自覚はなかったが、タイラーから迸る底知れないオーラに、モンスターたちが怯えていたのである。それこそワイバーンでなければ、挑もうともしないほど、そのオーラは強烈だった。

だが、そのタイラーを無能だと履き違えて捨ててきたゼクトたちは、今となっては格好の餌食である。

しかも、先ほどまで暴れられなかった鬱憤を晴らそうと、モンスターたちはいきり立っていた。

中級ダンジョンには、スライムのような雑魚のみならず、オークやトロールといった大型モンスターもいる。

それらが団結して襲いかかってくるとなれば、対処するのは難しい。

「まぁ、私にかかれば中級モンスターなど、あの二人がおらずとも容易いですよ」

ゼクトはそう言って剣を構えるが、実際のところ彼の実力は初級冒険者に毛が生えた程度だった。

火属性魔法の威力こそ優れているものの、魔力操作が苦手で繊細な動きができない。

これまではタイラーの的確な状況判断があったおかげで、効率的に戦うことができ、ゼクトの魔法も活かされていたのだ。

タイラーの戦術はモンスターとの実力差を埋められる程度に、優秀なものだった。

タイラーに任せきりで、戦術や駆け引きといったものをまともに知らないゼクトが、闇雲に技を放ってもいとも簡単に避けられてしまう。

「くそっ、なぜ見切られる!」

むしろ、モンスターたちの闘争心を煽ることにしかならず、ゼクトはしっぺ返しを食らう。

シータの電撃魔法の方が敵を苦しめていたくらいだった。

「シータ、その調子です。全て倒してください」

「……凌ぐのが精一杯」

「リーダーに逆らうとは何事ですか」

ゼクトは落ちてきた眼鏡を押し上げる。自分が明白に役立たずと化しているこの状況にイライラとして、眉間に眼鏡をめり込ませてしまった。

そんなゼクトの隙を突いたトロールが、彼を蹴り飛ばす。

眼鏡も踏み潰されて破壊され、腰に提げていた剣の片方も一緒に飛ばされてしまった。

「シータ、助けてください！　頼みます……」

情けない声をあげるゼクト。それに反応しようと思っても、シータもすでに満身創痍だった。

これまで雑魚だと馬鹿にしてきたモンスターたちに好き放題やられる。

もはや歯が立たず、瀕死の状態で二人は地面に伏した。

いよいよトロールが二人の捕食にかかろうと接近する。

その時、大きな音がダンジョン中に響いた。

タイラーがワイバーンを討つ際に放った技が勢い余って、ダンジョン自体を揺らしたのだ。

その音に二人が驚いているうちに、モンスターたちは我先にと退却していった。

ダンジョン内に起きた異変を、モンスターたちはその身で感じ取り、恐れをなしたのである。

だがそんなことを知らない二人は、自分たちに訪れた幸運だと捉えて、それぞれ逃げ出す。

もはやお互いのことなどどうでもよかった。

そうして二人は、ばらばらに命からがら逃げ帰ったのだった。

まさに勝利の凱旋と言っていい。

俺、タイラーはワイバーンを倒したあと、アリアナとともにダンジョンの出口を目指していた。

帰り道も、敵に出くわすことはほとんどなかった。

稀に襲いかかってくる血の気の多いモンスターもいたが、むしろ技を試すのに、絶好の機会だったくらいだ。

「猛き炎で打ちのめせ、フレイムソードッ!!」

魔法の威力はどれも凄まじく、慣れないゆえに反動でよろめいてしまう。

「すごい、すごい！　それに格好いいかけ声よ！　もっと見たいぐらい！」

アリアナは俺が戦っている横で、手放しで拍手を繰り返していた。

照れ臭くて、鼻をぽりぽりと掻く。一方の彼女は、鼻高々といった様子だ。

ちなみに先ほどのやや格好つけた詠唱は、アリアナの考案である。

可愛いものだけでなく、格好いいものも彼女の心をくすぐるらしい。

端的に技名を唱えれば魔法は発動するのだが「格好いい技には格好いい詠唱が必要だ」という彼

女の言葉に押し切られ、こうなったのだ。

ただ、一方でふざけてばかりかといえばそうではない。

俺が技に集中しすぎて、横からの奇襲に対応し損ねた時に守ってくれるあたり、彼女も警戒を怠っていることはないようだった。

冒険者の鑑(かがみ)である。俺もその心は見習わなくてはならない。

『冒険者たる者、決して慢心(まんしん)するな。慢心したところから、足元を掬(すく)われる』と親父もよく言っていた。

先ほどレベルの上がった水や雷といった属性を除けば、まだほとんどの魔法がレベル1だ。冒険者レベルも20。まだまだ上を目指さなくては。

とはいえ、アリアナに褒められればどうしても頬は緩んでしまう。

容姿端麗(ようしたんれい)なだけではなく、そのまっすぐな性格含め、幼い頃から強く意識してきた相手だからな。

そうしてしばらく歩いていると、アリアナが顔をしかめた。

「うげ、嫌なもの見つけたかも」

目の前に落ちていたのは、ボロボロになった剣の柄だった。それも、見覚えがある。

「これ、ゼクトの剣だよな」

「たぶんね。割れてるみたいだけど」

「というか、もはや柄以外残ってないな」

帰りがけになにかあったのだろうか。

なんにせよ、そのまま放置するのは、ゴミを放置するみたいで心が痛む。

仕方なく、拾ってからダンジョンの外へ向かったのだった。


俺たち冒険者が所属するギルドは、ダンジョンが地殻変動によって生まれると、その調査後に建造される。

ギルドはダンジョンに関係のない人間が出入りするのを防ぐ検問的な役割を持ち、基本的にダンジョンの入り口に地続きで建てられているのだ。

俺たちが住んでいる町——トバタウンのギルドもまた同じように、俺たちがさっきまでいた中級ダンジョンと外とを繋ぐ役割を持っていた。

ダンジョンの出口から直進することしばし、俺とアリアナは冒険者ギルドにたどり着く。

アリアナは真っ先に受付へと向かった。

「あら、アリアナさん。依頼お疲れ様です……ってどうされましたか⁉」

アリアナはものすごい剣幕を見せていた。その勢いに、受付のエルフのお姉さんは目を白黒させる。

「どうもこうもないです！　私たち、パーティリーダーに置いていかれたんです！」

「そういえば先ほどゼクトさんらしき人影が慌てて出ていくのを見かけましたが……」

お姉さんは、そこで言葉を切ってから申し訳なさそうな表情を浮かべた。

「詳しい話をすぐにでも伺いたいところではあるのですが、不測の事態の場合は責任者がギルドにいる時ということになっておりまして、明日お聞かせいただく形でもよろしいでしょうか」

どうやら口ぶりから察するに、今日報告するのは難しそうだ。

アリアナもそれを理解したのか、いまいち腑に落ちない様子ではあったが、引き下がる。

「……そういうことなら仕方ないわね。また明日来るわ」

アリアナは、それだけ言って俺の手を引いた。柔らかくてほっそりした指から、ほのかな熱が伝わってくる。

受付から離れたところで、アリアナは口を開いた。

「とりあえず、ゼクトたちのことは一旦忘れましょ。まずはそれよりも大切なことがあるでしょ」

「……俺の誕生日？」

「そう。ね、タイラーの家に行く前に、私の家に寄っていい？　ちょっとした贈り物を用意してるのよ」


ぼろぼろになった防具類をギルドの修理窓口に預けた後、ギルドを出た俺たちは中心街を抜けた先にあるアリアナの家に寄った。

それから、やや離れたところにある俺の家へ向かう。

トバタウンの郊外から、少し中心に寄ったところ、住宅密集地にある長屋が俺の家だ。

決して立派なものじゃないし、築年数もかなり経っている。つまりまぁ、はっきり言ってボロい。

「お兄ちゃん！　遅いから心配したんだよ」

だから、家の前に着いた途端、妹のエチカが扉を開け放ったのには少しヒヤリとした。

軋む金具に意識がいってしまい、倒れかかってくるエチカを抱きとめ損ねる。

勢い余って、後ろにいたアリアナにもたれかかってしまった。背中にぽよんとした感覚が当たる。

すぐにアリアナが困ったような声を出した。

「タ、タイラー、早く中に入れてよ……誰かに見られたら恥ずかしい」

そこで、俺の後ろにいるアリアナの存在にようやく気づいたエチカは、柔らかい笑みを浮かべた。

「嬉しい！　アリアナさんも来てくれたんですね！」

「こんにちは、エチカちゃん。お邪魔するわね」

エチカに引き連れられ、家へと入ったのだが、居間に入るやいなや彼女はへろへろと椅子に座る。

今日は体調が良さそうだと安心していたら、空元気だったらしい。

サイドテールの髪からはハリが失われ、目もうつろになっていた。

元々体が弱かった母親の遺伝で、体に力が入らないことが多いのだ。

治療法は解明されておらず、街で回復を専門にする治癒師に頼んでも完全には治っていない。

「おい、大丈夫か。エチカ」

「大丈夫だよ。お兄ちゃんの誕生日に倒れてなんかいられないよ」

私の心配より、お祝い！　と駄々をこねるが、明らかに体調が思わしくない。

帰宅するのは昼頃と言ってあったのに、すでに夜に近い時間になっているから、俺の帰りが遅いことによほど気を揉んでいたのだろう。

その髪を撫でてやっていたところで、思い出した。

そうだ、俺には頼りになる猫耳少女がいたじゃないか、ということでさっそく召喚する。

「お兄ちゃん、魔法使えるようになったの⁉」

妹よ、驚くにはまだ早い。なにせ光の猫が人型に変化するのだ。

「呼ばれて飛び出た！　キューちゃんですよ、ご主人様！」

「出たわね、化け猫……」

「失礼な。またいるんですか、あなたは。ご主人様をたぶらかしたら怒りますよ。精霊獣の恨みは人智を超えますからっ」

繰り広げられるキューちゃんとアリアナの物騒なやり取りを前に、妹の処理能力は限界がきたらしい。

ばたり、と椅子の背にもたれかかってしまった。

うわごとのように、猫さんが人に……と呟いている。

だが、説明より治療が先だ。

「……キューちゃん、早いところ頼む」

「まかされたにゃん♪」

キューちゃんがはすぐにエチカの元へ向かい、例の治療を始めた。

さすがに妹のあられもない姿に興奮することはなかったのだが、キューちゃんが見ておけ、と言うので仕方なく見る。

施術が終わると、妹は調子を取り戻していた。これまでも回復を何度も試みてきたが、それとは比にならないほどの回復具合だった。

「不思議、さっきまで少しも力が入らなかったのに……！」

声も明るいし、なにより、小さくではあるが、跳ぶこともできるほどになっていた。

「どーでしょう。ボクの技は！　すごいでしょ、ご主人様？」

みんなで喜び合っていたら、キューちゃんが猫の姿に戻って、俺の肩にぴょんと乗る。

そして、耳元で小さく囁いた。

「ご主人様。ボクの実力不足なのですが。実は、エチカ様はまだ完全には回復できていません」

「……そうなのか」

俺は気を引き締めなおす。

「はい。でも、治らないわけじゃありません。超上級のダンジョンに生えているハオマという薬草が手に入れば、絶対治ります」

「……そんなの初めて聞いたけど？　治癒師は、これまで『難しい』の一点ばりだったし」

「なんせボクは超特別な光の精霊獣なので！　見るだけで必要なものくらい分かりますっ。その辺の治癒師なんかと一緒にされても困ります！　信じてください、ご主人様！」

キューちゃんは強く主張し、必死に尻尾を振る。そのたびに俺の首筋に触れるのが、どうにもこそばゆい。

「……分かった。ありがとうな、キューちゃん」

「いえっ、ご主人様のためならなんなりと！　あ、ちなみにボク、今の治療でレベルが上がりました。レベル2です！　偉いですか？　偉いですよね、ご主人様！」

「あぁ、偉いし……本当に助かったよ」

俺がベタ褒めすると、にまにましながらキューちゃんは姿を消した。

その後、三人だけのささやかな誕生日会が始まる。

揚げたチキンやグラタンなどが並んだ食卓は、十分すぎるほど豪勢だった。

食後のケーキは、エチカが焼いてくれていた。アリアナが持ってきてくれた果物を載せれば、見た目も華やかになって、エチカはたいそう喜んでいた。

そして、アリアナが家に取りに行ってくれた誕生日の贈り物は――

「はい、これ！　似合うの探して、結構迷ったんだからね」

指輪だった。桃色の鉱石が煌めく。

嵌めてくれると言うので、手をアリアナに預けた。一度薬指に入れようとして、彼女は茶目っ気たっぷりに微笑む。

「こ、こ、これはいつか、私にしてよねっ！」

なんて可愛い幼馴染なんだろうか。

そうして指輪を中指に嵌め直すと、彼女は王子様のように俺の指先に優しいキスをする。今度はたいそう格好よくヒーローのようだった。

ヒロインにもヒーローにもなれるなんて、この少女は無敵かもしれない。

そんな天下一の美少女と、最愛の妹に祝福され、俺の誕生日は贅沢な時間とともに過ぎていった。

——そして、夜も遅くなった頃。

「……ねぇ今日泊まってもいい？　ママには一応、そうなるかもって言ってあるから」

アリアナが恥じらうように半身の姿勢でこう言うので、俺の心拍数は一気に跳ね上がった。

だが、単に色事のような甘い話でないのは分かっている。

この町は、夜歩きをするにはかなり危険なのだ。

街灯が少なく、最近はひったくりなども横行している。違法な運送業者たちがうろついているという情報を、掲示板の張り紙で見た覚えがある。

夜に帰宅するには、彼女の家はやや離れているため、その申し出を快諾した。

「なぁアリアナ。寝室はエチカと同じでいい？」

「ええ、いいわよ」

「ごめん、助かる。他に使えそうな部屋がないんだ」

俺の家は、ボロい上にそれほど広くない。

親父が質素倹約を信条としていたためだ。

エチカの療養には、惜しみなくお金を使い、かつ治療費の蓄えはあったが、その他は少し余ったお金さえ人に寄付してしまう聖人っぷりだった。

だから、伝説の冒険者が住んでいた家とはいえ、我が家にあまりお金の余裕はない。

『普通の暮らしができればいい』と親父はよく言っていたが、その親父がいなくなった今、はっきり言ってソリス家は、貧乏だ。

治療費以外の蓄えも少しくらい残していてくれたら楽だったのだが……

これだけは、唯一親父を恨（うら）んでいる点だ。

各々順番に寝支度を済ませて、部屋に戻る。

部屋の照明を消したのだが、俺は眠れないでいた。

枕に頭を預け、天井をぼうっと見る。

なんだか知らない人の身体で、知らない場所を見ている気になった。いまだにふわふわした気持ちが収まらない。

今日のことは全て夢だったんじゃないか、とそんな気さえしてきて、目を瞑ることもできなかった。

始まりこそ絶望的な十七の誕生日だったが、それよりずっと大きな希望の光が差し込んだ。そんな一日だった。

不満があっても、できるだけ実直に行動する。そうして生きてきた努力の結晶が、ようやく煌（きら）めこうとしているのかもしれない。

そう思えば、鼓動（こどう）が逸（はや）る。

……やっぱり寝られない。

こうして無理に寝ようとするくらいなら、起きて眠くなるのを待つ方がいい。魔法書を読んで勉強でもしようか。

俺は起き出して、廊下へ出る。すると、なぜか居間がほんのり明るかった。

戸を開ければ、アリアナがテーブル前の椅子に座り、カップを傾けている。

「あら、タイラーじゃない。あ……これだけど勝手に飲んでるわけじゃないわ。エチカちゃんがいいって言うから」

俺の目線がカップに向かっていたからか、アリアナがそう言った。

中身はハーブティーのようだ。心を落ち着かせ、身体を休ませる効果がある。

「もしかして、アリアナも寝られなかった？」

「……も、ってことはタイラーも？」

「そう、俺も寝れなくて……だから勉強でもしようかと」

「ほんと勤勉ね。ふふっ。そういうところ、嫌いじゃないけどさ」

俺はアリアナの対面に座った。

彼女は、同じハーブティーを俺にも用意してくれる。

薄桃色の寝巻きをエチカから借りて着ているアリアナは、いつもの凛々しい彼女とは別人のように幼く見えて可愛らしかった。

「ねぇ、明日からどうしよっか」

テーブルに肘(ひじ)を突き、アリアナは両方の手のひらの上に顎(あご)をのせる。綺麗な流線形の唇をたわませ、微笑んだ。

その話は、俺もしたいと思っていた。

自分なりにこれからすべきことは見えていたのだが、それを達成するまでの道のりを理想的なものにするためには、彼女が不可欠なのだ。

俺にとっては超重大な案件である。

「なぁ、アリアナ」

「なーに、タイラー」

「これはキューちゃんに聞いたんだけどさ。エチカの体調をよくする薬草が、超上級ダンジョンで採取できるらしいんだ。だから俺は明日から、一日でも早く超上級ダンジョンに挑めるよう、クエストに臨むつもりだ」

「……うん、いいと思うわ。絶対できるわよ」

「そしていつか、俺は親父を超える。で、親父がダンジョンで死んだ理由を突き止めるんだ。親父を死に追いやったモンスターがいるなら俺が倒す。誰かの陰謀なら暴いてやる……なんて夢が大きすぎるか？」

ううん。アリアナは下ろした髪を揺らしながら首を横に振った。

「ありがとう。だからさ――」

一緒に来てくれないか。俺はそう続けるつもりだったが。

「一緒に行くわ、もちろん！　私はずーっとタイラーについて行く！」

アリアナに先回りされてしまった。

なんだか格好つかないが、結果的には一緒だ。

つい「よっしゃ」と雄叫びを上げそうになる俺の口を、アリアナが手で押さえる。

「もう真夜中よ」

二人でくすくすと笑い合う。こんな近いところに彼女がいるのが嬉しくてたまらなかった。こういう時は、幸せって簡単に手に入るなと思う。

「せいぜい足手まといにならないようにするわよ。私だってやる時はやるんだからっ！」

「頼もしいよ、ほんと」

「じゃあ乾杯しよっか。二人のパーティ結成を祝して」

「おう。乾杯」

こつん、とカップを合わせる。

とろけるように素敵な時間とともに、夜は更けていった。


翌朝、起きがけのことだ。俺は枕から頭を起こすより先に、まずステータスボードを開いた。

昨日の出来事が夢のように思えたからだ。

属性魔法が使えるようになったことも、誕生日の後のひと時も、幻だったりして……

少し不安を覚えていたのだが、杞憂だった。ボードには全属性の魔法が表示されたままだった。

それでもこの目で見ないことには、と昨日も活躍してくれた猫耳の精霊獣を召喚してみる。

「呼ばれて飛び出たっ！　おはようございます、ご主人様ー。はっ、朝からボクを呼んだのはまさか！　朝のべったりなひと時をボクと!?」

「そんなつもりじゃないから！」

キューちゃんのリアクションを見て、呼び出したのが誤りだったと気づく。

しかしつもりがない、と言ったくらいじゃ彼女は収まらなかった。

ボクっ娘にゃんこに身体をくまなく触られ、異常がないことを確かめられる。

すっかり目が冴えてしまった。

朝から目がギンギンになっていると、まもなくアリアナが部屋に入ってきて、キューちゃんとのいがみ合いが始まる。

ふと枕元を見ると、そこにはアリアナから貰った指輪があった。彼女と昨日交わした約束も現実だったという証である。

その後、エチカを含めた三人で、朝食をとる。

パンの上に、ベーコンと目玉焼きを載せた簡単かつ安上がりで激ウマな一品だ。

アリアナとエチカが二人で作ってくれたのだが、彼女たちが調理場で並んでいる光景は、実に微笑ましかった。

食事を終え、エチカを残して家を出る。

あらかじめ、今日は遅くなるかもしれない、と伝えておくことを忘れない。

「待ってるからね、お兄ちゃん！」

俺の上着の裾を握って、うるうる瞳を揺らすエチカ。とっても天使すぎるその姿に、必ず帰ることを誓ったのだった。

家を出てギルドに向かう途中、アリアナが恍惚（こうこつ）とした表情で言う。

「エチカちゃんほんと可愛いな～」

「まぁ俺の妹だからな」

「いつかは私の妹になっちゃったりしないかな～、そしたらね、姉妹で同じ服を着て……」

「アリアナ……それって」

「い、今のなし！　で、でもやっぱりそれがいいかも……？」

こっぱずかしくなるやり取りを交わしながら、冒険者ギルドへと向かう。

昨日は途中で切り上げてしまったが、まだやらねばならないことがあった。

「そういえば、わざわざ手続き取らないと、新しいパーティって作れないのよね。面倒くさいけど、どうせ昨日のことも説明しないといけないもんね」

そう、ゼクト率いるパーティからの脱退申請だ。

モンスターの出現するダンジョンは、世界各地に存在する。

消えたり、出現したり、その規則性はよく分からないらしいが、それらダンジョンは全て国が管理している。

そして、冒険者が不正にダンジョンに入ることがないよう、複数のパーティには所属してはいけない決まりになっているのだ。

「名前だけパーティに所属しているような人がいると、すり替わりや未登録でダンジョンに侵入するケースに繋がりかねないからな」

ダンジョンに入る度に登録の確認をされるほど厳格でもないが、守るに越したことはない。

「規則は大事よね。守らないと、アイツみたいになっちゃうわ」

そういえば、彼女が言ったアイツ——ゼクトはどうなったんだろうか。

そんなことを考えているうちに、ギルドに到着したので、パーティから抜ける旨を記載した申請書を持って受付へ向かう。

だが、そこで告げられた一言は衝撃の内容だった。

「ゼクトさんのパーティですが、すでに解散扱いとなっています」

昨日とは別の受付の人が、手元の資料を見ながらにっこり笑って言う。

「えっ、そうなんですか」

「はい。記録によると、あっ、つい先ほどです。五分前！　メンバーが蒸発してしまった、って書いてますけど……」

詳しい話を聞くと、俺とアリアナがモンスターとの戦いに巻き込まれ消息不明になったと、ゼクトからの説明があったとのことだった。

そこまで話してから、きょとん、と首をひねるお姉さんだったが、その顔が徐々に青ざめていく。

「まさかゾンビさん⁉」

「「違います！」」

「わっ、声がぴったり！　まるで恋人さんですね！　失礼しました！」

いや、それも違うのだけど。

「えへへ、えへへ」

目元がにまにまのアリアナも見れたことだし、まぁいいか。

受付のお姉さんには、ゼクトが俺とアリアナを見捨ててダンジョンから逃走したことを、改めて説明する。

消息不明と言われた人間があっさり戻ってきたことが何よりの証明になったのだろう。

俺たちの言い分に納得したお姉さんは、ギルド長に報告しておくと約束してくれた。

そして俺たちは、新しいパーティ申請書をしたため提出する。

押印欄には、紅のインクをたっぷり浸した人差し指を、新しい旅立ちへの希望を込めて、ぐりぐりと擦りつけた。

「ちゃんと指紋が見えるように押してください」

入念に擦り込んでいたら、お姉さんにこう注意されて、押し直しになってしまった。

……気持ちが先行しすぎたようだ。

再度押印をやり直し、新パーティとしての登録が完了する。

「申請、たしかに受理致しました！　この場で承認とさせていただきます」

受付でのやり取りが済み、俺とアリアナが清々しい気分に浸りつつ依頼書が貼ってある掲示板に向かおうとすると——

片腕に包帯を巻き、ボロボロになったゼクトが立っていた。

「お前たち、どうして無事なんだ……！」

ゼクトは、亡霊にでも遭遇した気分だった。

しかし何度瞬きをしても、彼の目の前には憎きタイラーと愛しのアリアナがいた。

昨日、ワイバーンの餌になったはずの二人が、あの状況から帰ってこられるわけがない。

そうゼクトは何度も思い込もうとするのだが、目の前の光景がその思考を否定していた。

すると、アリアナが冷ややかな目線を彼に向けながら口を開く。

「タイラーが倒したのよ、ワイバーンを」

「ふふ、笑わせますね、アリアナ。そんなわけがないでしょう。魔法も使えない雑魚になにができたと言うんです？」

「馬鹿ね、ほんと。反吐が出るわ。今に見てなさい。タイラーは最強になるんだから」

アリアナの言葉を無視して、大方、自分たちと同じように、敵がなんらかの事情で巣に戻って助かっただけだとゼクトは考える。

自分たちは帰り道でズタズタにされて、剣を奪われた。筆を持つことさえままならない負傷をしたというのに。なぜ目の前の二人は元気なのかと、疑問に思う。

「シータはどうしたんだよ」

タイラーが口を開いた。

今までなら面と向かって意見を言えなかったくせに、生意気な口を聞きやがって、とゼクトは睨みつける。

だが、すぐにそれを上回る迫力ですごみ返されて、喉が引きつってしまった。

「あ、あぁ、彼女なら捨てました」

「……なんだと？」

「な、な、なに、パーティを解散しただけの話ですよ」

本当は、昨日ここへ帰る途中にはぐれてそれきりだ。

正直もったいないとは思った。アリアナほどではないが、シータの物静かで謎めいたところも好みで、側に置いておきたい存在だった。

ただ、あれだけ格好悪いところを見られた以上、もう一緒には行動できない。

ゼクトには、山のように高い自尊心があった。

「アリアナ、どうです。私ともう一度パーティを組みませんか？」

だから本命に誘いをかける。

一度の裏切りなら許してやろうと思ったのだ。

タイラーなどという魔法一つ使えない奴の隣にいるよりは、賢いアリアナなら、自分の隣を選ぶだろう、とゼクトは考えた。

——だがその実、タイラーは力を手に入れていた。

それでなくとも、アリアナはタイラーへの愛が溢れてやまない。恋愛においては最初からゼクトは大敗北を喫しているのだ。

「お断りよ。仲間を見捨てたって話を広げられたくないなら、それ以上しつこくしないで」

予想よりも手痛い一言に、ゼクトは顔をしかめる。

それを言われれば、ゼクトはどうしようもできない。

「……ははは、本当に馬鹿な奴らだ。魔法も使えない奴になにができる！　剣だけあってもしょうがないのですよ」

捨て台詞とともに背を向ける。腕が使い物にならない今、ゼクトの唯一の武器は口だけだった。

そんな彼の背に、二人のやり取りが聞こえてくる。

「ねぇタイラー、あれ放っといていいの？　あなたを捨てたのよ。復讐の一つくらいしてもバチは当たらないわよ」

「いいよ。そんなことに割く時間があれば、魔法の練習でもする」

「ふふ、さっすが！　でも私の相手もしてよねっ」

アリアナがタイラーにぞっこんなことが分かってしまうやり取りに苛立ちながらも、ゼクトはどうにか思案する。

変な噂が広められさえしなければ、パーティメンバーを再募集すればいいだけの話だ。

ゼクトは、己の評判のよさには自信があった。

裏では、アリアナやシータを手篭めにしようとしたこともあるドのつくクズだったが、世渡りは上手かったのだ。

今度は女だけ募集しよう。すぐに集まるに違いない。

昔から好意を寄せていたアリアナに、振られたことへの強がりもあったが、ゼクトはそう前向きに考えて、自分を騙すことにした。なにより、ここで弱気になるのは格好つかない。

すぐに、受付周辺にいる女子たちの品定めを始める。

ゼクトの予想通り、好意的な目が彼へ注がれていたのだが——その評判はすぐ地の底まで落ちることになる。

「冒険者ゼクト・ラスターン、重大な規約違反ならびに虚偽（きょぎ）申告の疑いにより、事情聴取を行います。至急、受付まで出頭しなさい」

ギルド受付から、お達しが出たのだ。

タイラーが死んだためパーティを解散した、という報告の際についた小手先の嘘が暴かれた事が原因だった。

適当なことを並べ立てたが、タイラーたちがギルドに現れたことで矛盾が生じていることが判明してしまったのである。普段のタイラーへの横暴な態度も、証言が集まり、ゼクトを疑う根拠の一つとなった。

結局ゼクト、シータの両名には、ダンジョン内で仲間を見捨てた罪から、厳重な処分が下った。

高額の罰金と、初級ギルド所属の冒険者に降格という二つだ。タイラーたちが結果的に生きていたことにより、永久追放の処分を免（まぬが）れたのが、せめてもの救いだったと言えるだろう。

二章　新生パーティは上り詰める

「タイラー、このクエストとかどうかな。報酬も点数も高いわよ。オークの進化系、親玉オーク退治！」

ゼクトが去った後、アリアナが俺に向けて、依頼書を勧めてきた。

俺はそれを受け取ると、内容を確認しながら考える。

俺たちの当面の目標である、超上級ダンジョンへの挑戦。

そのためには、まず今所属している中級ギルドから上級ギルドへ昇格する必要があった。

ダンジョンはギルドによって管理されているわけだが、そのダンジョンのランクによって、ギルドも中級ギルドや上級ギルドと呼ばれる。

当然、ダンジョンごとに管理しているギルドも違うため、中級ギルド所属のパーティのままでは、目的のダンジョンに入る許可を得られないのだ。

しかし、超上級以前に、上級ギルド昇格の道のりでさえなかなか険しい。

まずは地道にクエストをこなし、中級ギルド内の月間冒険者のランキングで上位五組に入らなければ、挑戦権すら得られない。

上位五組に入るためには、依頼を多くこなしたり、難易度の高い依頼を達成したりすることで得点を稼ぐ必要がある。

その上で、上級の成績下位パーティとの入れ替え戦に勝利して、やっと昇格できるのだ。

それも入れ替え戦は一月に一回と、機会も決して多いわけではない。

少しでも得点を稼ぐためには、討伐するモンスターのランクも高いに越したことはない。

モンスターのランクは難易度が高い順にS、A、B、C、Dの五段階だ。その中でさらに各ランクごとに5を最大として、数の大きいものから順に強さが分けられている。

アリアナが提案したオークの親玉というのは、俺たちが入れる中級ダンジョンの中で最も高いとされるA3ランク。ちょうどいい腕試しになるし、得点が欲しい俺たちにはぴったりの依頼だ。

ちなみに昨日倒したワイバーンはS3級だが、なにせ一度倒しただけだ。火事場の馬鹿力のようなまぐれかもしれない。

灰にしてしまったばかりに倒したという証拠もなく、依頼が出ていたわけでもないので得点にならなかった。

「いいな、これ。さすがアリアナだ」

なにげなく言っただけだったが、にへっとしながらアリアナは手で頬を覆う。

少なくともオーク退治を提案する少女の顔ではない。スイーツと紅茶を前にした乙女の顔だ。

「じゃあこれにしてみよっ。とりあえずの腕試しで♪」

「おう。望むところだ」

俺は受付へ向かおうとして――もっといい内容の依頼を見つけて手に取る。

それは、モンスターの討伐依頼より安全で、ダンジョン内にある珍しいものを持ってくる採取依頼だった。

「あ、こっちはどうだ？　マンドラゴラの採取」

マンドラゴラとは、変な抜き方をすれば断末魔を上げ、鼓膜を破るとされる植物魔だ。ただ、それを煎じた粉は、妙薬になる。

「採取なんて、どうせ安いでしょ……って、ひゃあ!?　じゅーまぺ!?」

呆れた表情で内容を確認した後、思いっきりアリアナの声がひっくり返る。十万ペル、と言おうとしたみたいだ。かなり噛んでいるが……

十万ペルといえば、中級の通常クエストの十倍近い額だ。ひと月なら、二人分の生活費もまかなえる。

……怪しい。こんな高額報酬になるからには明らかになにかある。

たしかに条件はすごいのだが、ここまで他と違うと、不安が先立つ。

「オークじゃなくてこれにしよっ！　点数もかなり高いみたいだし。さくっと終わらせて、今日は早くエチカちゃんのところに帰ろ♪」

しかし、乗り気になったアリアナに、さ、さ、と背中を押されてしまった。

「帰ってきたらエチカちゃんに、ご飯作るんだ～。ふふふん♪」

るんるん妄想を膨らませはじめるアリアナ。

止めるのも、野暮というものなのかもしれない。

そう思っていたら、あっという間に手続きが済んでしまった。

それから、昨日修繕を依頼していた防具を受け取りに向かう。

「タイラーさんのグローリーアーマーと、アリアナさんのアーチャーズメイル、お直し終わっています。ゼクトさんの件、疑ってしまったお詫びということで、お直し代金は結構です！」

「いいんですか、そんなの！」

「やった〜、助かる〜！」

正直、修繕できなくても仕方ないと思っていたから、元の姿に直っているのを見て、ほっとした。

小さなほつれや汚れまで、綺麗になっている。

剣同様、これも親父から引き継いだものだ。刀を扱う際に障(さわ)りが出ないよう、急所などの最小限を覆う仕様で、かつ軽量化されている。やはり、これが身体になじんだ。

装備の感触を確かめ、ひと通りの準備を整えた俺たちはダンジョンへ向かった。


ダンジョンに入ると、なんだか雰囲気が少し違った。

「なんか獣臭いわね？　それも、こう、威圧感を覚えるというか」

「まだ一階なのに……変だな」

アリアナの言葉に、俺は頷く。

この気味悪く、鳥肌が立つ感覚はなんだろう。

警戒しつつも、俺とアリアナは匂いのする方をたどる。

ある程度進んだところで、女の子だけで構成されたパーティ五人がオークに襲われている現場に遭遇した。

パーティのうちの一人が、オークを前に声をあげている。

「きゃーっ！　なんでこんなところに!?」

「くっ、効かないっ！」

よく見ると、一人の女の子は脚に怪我を負ってしまっている。まだ戦っている子もいるが、その火属性の魔法は威力が低いらしい。

オークを止めるだけのダメージは与えられず、むしろ闘争心をかき立ててしまっていた。

辺りを見回すと、幸い一体だけのようだ。

それにしても、オークはこんな浅い階層に出てくる敵ではない。本来なら、もっと上階に現れるモンスターのはずだ。

そして、このパーティはやられ方からして中級に上がりたてなのだろう。ここまで大きな個体となれば、相対するのは初めてのはずだし、苦戦するのも致し方ない。

「みんな、自分の防御だけしててくれ！」

俺はそう言いながら、女の子たちの前へ躍り出る。

「危険よ！」　とアリアナから声が飛ぶのだが、見てしまった以上は放っておけない。

刀に手を伸ばそうとしたところで、右の手首に魔力が集まっていることに気づいた。

抜刀する代わりに拳を握り込んで、疼いている右手を見ると、徐々に赤く燃え上がりはじめる。

不思議と熱くないが、身体の奥底を震わすように力が滾(たぎ)ってくる。

魔力が俺を、戦いに駆り立てているかのようだった。

本来オークのような体躯(たいく)の大きい敵とやり合う時は、刀のような得物を使うか、もしくはアリアナの弓のような遠隔攻撃を選ぶ。

前までの俺なら、刀を使いながら俊敏(しゅんびん)に動いて隙を作ったのち、ゼクトらに倒してもらっていたが……。

そう考えていると、俺の倍近く上背(うわぜい)のあるオークの拳が目の前に迫っていた。

「フレイムフィスト！」

俺は一か八か、敵の親指ほどの幅しかない自身の拳を、オークの拳に打ちつける。

衝撃音が、辺り一帯に響き渡った。

一瞬だけ視界が赤く染まり、しばしの無音の後、前を見るとオークは燃え尽きていた。一瞬の出来事だった。

「あとは私に任せて！」

屑(くず)が飛んだ辺りで火が燻(くすぶ)っているので、アリアナが得意の水魔法で消火にあたってくれる。

俺はといえば、まだ煙を上げている拳を見つめることしかできなかった。

意外なほどに呆気(あっけ)なく、まったく手応えがなかった。少ししてから、はっと気づく。

おっと、いけない。手当が先だ。

「大丈夫か？」

俺は、怪我をしている少女のもとへ駆け寄り、膝をつく。すぐに他の四人も周りに集まってきた。

「ライラ、平気？」

「ちょっと太ももを抉られたぐらいで痛くないわ……すみません、助けていただいてありがとうございます」

怪我をしていたライラと呼ばれる女性は仲間の声に答えると、痛みを感じていないと思わせるような、色っぽい目をこちらへ向ける。

どうやら助けに入った俺が、ヒーローのように見えているらしい。

……なんだか、やりにくい。

だが、そんなことで躊躇してる場合ではない。

足の痛みを感じていないのが本当ならば、それはむしろ危険信号だ。急がなければ手遅れになる可能性もある。

俺は一度呼吸を整え、キューちゃんを呼び出す。

彼女がさっそく人型に変化したのを目の当たりにして、女子たちは全員同じ反応で驚いていた。

だが、猫娘はそんな視線はお構い無し。なぜか不満そうに頬を膨らませ俺の陰に身体を隠す。わざとらしく、身を震わせていた。

「ご主人様、なんですか、このひどい現場は」

「あぁ、ひどい怪我だろ。早く手当てを頼むよ」

「そうじゃありません！　なんですか、この女くさい場所は！」

あぁ、そういえば、鼻も敏感なのだったっけ。

「渡しませんからね、ボクのご主人様！　そこ！　色っぽい目で見ない！　そっちも！　ボクには死角の気配まで察知できるんですよっ！」

こう言うと、キューちゃんは俺の腕をガシッと掴み、女子たちを睨みつける。

しかしひと通り見回して、ライラの怪我の程度に気づいたようでハッとする。俺以外には当たりが強い猫娘だが、心根は優しいようだ。

「頼むよ、キューちゃん」

「……分かりましたけど」

「けど？」

「あとでご褒美くださいねっ！　ご主人様のハジメテ貰いますからっ」

恐ろしいことを言い残してから、キューちゃんは、動けないままでいるライラの身体に触れる。

相変わらず目も当てられないような、激しい交わり方を見せた。

施術が終わってキューちゃんが戻ってくると、先ほどまで動くこともままならなかったライラがすくっと立ち上がる。

……あれ、こちらに近づいてくる？　その頬は完熟した果実のように真っ赤だった。

今までの流れから俺は状況を察して、ライラに向かって叫ぶ。

「そういうのは大丈夫だから！」

しかし、ライラは俺をスルーすると、俺の横に控えていたキューちゃんを抱きしめた……あれ、勘違いだった？

　身長の小さな猫娘が、ライラのそれなりに大きな胸の中でもがく。

「ご主人様～、なんなんですか、この娘！　そういうタチですか⁉　ボクは、ご主人様一筋なので
そういうのはちょっと」

「うふふ。ありがとうね、キューちゃん。それからあなたは……」

　視線を向けられた俺は、「タイラーだ」と名前だけの簡単な自己紹介をする。

「タイラーさん、ね。覚えた、君たちは命の恩人！　お礼ならなんでもするわ」

「そこまでじゃないさ。少し腕を試したかったってのもあるし。あんまり気にするなよ」

「あのオークが腕試しなんて……君強いのね。強い人って好きよ。ほんとに、なんでもしてあげて
もいいかも。なんてね」

　ライラは、長い舌をちらりと覗かせる。胸元も、はだけた服から見えそうで見えない塩梅だ。

　湿っぽく絡まった群青色の髪といい、妖艶に映る。

　しばらくライラとやり取りを交わしていると、消火作業を終えたアリアナが叫びながら戻って
きた。

「わ、わ、わ、私だってなんでもできるんだから！」

　こちらに来るなり、ライラを睨みつける。そこに、ライラの胸元から抜け出したキューちゃんも
混じって三つ巴になっていた。

　……なにこれ？　さっきまでオークにやられかけてたんだよね？　平和なんだか緊張感あるんだ

か分からない状況になってしまった。

そうしていると、別の女の子が話しかけてくる。

「でも、ほんとに強いね。あのオークを倒しちゃうなんて」

この口ぶりからすると、彼女たちはやはり初級からの上がりたてなのだろう。

「……一階に出るのは珍しいけど、オークなら中級では普通に出てくるよ。これからも気をつけた方がいい」

念のため女の子にそう伝えると、予想外の答えが返ってきた。

「それは知ってるよ。でもね、さっきのオークは普通のじゃなくて親玉オークだったもの！」

え？　本当に？

たしかに今まで遭遇したものと比べると、背丈も高いとは思ったけど……

マンドラゴラの採取に向かうはずが、意図せず、最初にアリアナが提案してくれたクエストを達成してしまっていたらしい。

「元々中級でオークが出ることくらい知ってる。私たちも中級になって結構経つからね。でも、あの大きさは見たことなかったの」

ライラが三つ巴の戦いを終え、会話に参加してきた。たぶん、女子三人による睨み合いは引き分けでケリがついたのだろう。

「オークの大きさなんて関係ないわよ。なんせ私のタイラーだもん！」

「ふふん。そうです、ボクのご主人様なのですからっ！」

思わぬ協調性を見せたアリアナとキューちゃんが、同時に胸を張った。

「ねぇ、それよりタイラーさんたち。私たちと一緒にパーティ組まない？　今なら、選り取り見取りで女の子だけだけど？」

ライラが俺に手を差し出し、提案してくる。

つい俺も手を出すと、彼女の中指が少し動いて、俺の人差し指だけをすくった。反射的に握りたくさせるツボを、心得ているらしい。

「ぐむむむむむーーーっ！」

けれど、アリアナの圧がそれ以上にすごかった。あっ、キューちゃんもやばい目してる。まさに猫目で、瞳孔が開いている。

少しくすりとしてから、俺は首を横に振った。

それでなくとも、今は仲間を増やすより、鍛錬を積む方が優先だろう。

強いから、と誰かに求められるのは、今までの俺の経験上初めてだ。正直、かなり嬉しかったのだが……

このまま彼女らの救世主にあがめられるのは避けたかった。

なにより、冒険者たるもの決しておごってはいけないのだ。

強いものの上には、さらに強いものがいる。上へ行くためには、そういう立場は邪魔だ。親父がよくそう諭してくれた。

「そ。残念。だったらライバルね」

自分の手を軽く払ったライラの言葉に、引っかかりを覚える。

「どこで俺たちがライバルになるんだ？」

「知ってる？　私たちこれでも中級ギルド所属の一位パーティなのよ。今のところ、だけどね」

「えっ」とアリアナは声をあげてから失言とばかりに、すぐに口を覆った。

俺も表には出さなかったが、アリアナと同じ反応をしそうになっていた。

なにせ、最初に見た時は中級上がりたてと勘違いしていたからな。

なるほど、それではたしかにライバルだ。

「見ての通り強くはないわ。でも、上位に入るために大事なのは、点数。数をこなせば補えるでしょ。やってるうちに、だんだん強くもなってきてるし」

「数、か」

「そう。一ヶ月にこなしたクエストの合計点が昇格に関わるから、数打て作戦ね。難しいクエストの方が、一回での獲得点数は高いけど、効率を考えたら、わざわざ危険な手を採らなくてもいいって寸法。私たち、今月はもう四十個はクエストをこなしてるの」

一ヶ月は三十日までで、今は二十日。

クエスト一つをこなすのにも数日要する場合があることを思えば、一日二個のペースはかなり多い。ゼクトが率いた前パーティでは、月に十程度が限度だった。主に彼が女遊びに走って依頼を受ける時間を作らなかったことが原因だったが。

俺とアリアナは新パーティとして登録をしたばかりだが、前のパーティでの実績は引き継がれない、とギルドで聞かされている。

現時点では、かなり不利そうだ。

「どう、少しは仲間になる気になった？」

ライラが笑みを浮かべる。鎖骨付近のホクロが、なんとも言えず官能的だった。

俺は同じように笑いかけて、宣言する。

「いいや。いい目標ができたよ……じゃあ入れ替えのための昇格戦で会おう」

ライラは、俺の言葉を聞いて残念そうな声を出した。

「気は変わらず、かぁ、残念。でもそれはそれで、私たちとしても燃えてくるかも」

「それは俺たちの台詞だな。まずはライラたちに追いつくよ」

俺はそう言って、「またな」と彼女らに背を向ける。

アリアナとキューちゃんが後ろをついてきてくれた。キューちゃんは、そこでしゅんと俺の中に溶け込む。

「おやすみなさいませ～、ご主人様」

ライラと一悶着あったせいで疲れてしまっていたようだ。

よかった、ひとまずご褒美せびりは、延期になったらしい。

「ほんとに仲間になってくれないんですか!?」

別れ際、女の子の一人に後ろから呼び止められる。

振り返って頷き、それだけでは足りないかと愛想笑いをしてみた。彼女は、そんなぁ、と情けない声をあげる。

あぁまで熱心にこられると、こちらが恥ずかしくなる。

「タイラーは、私と二人のパーティがよかったんだ?」

アリアナがもじもじ腰を揺らして、でも得意そうに言う。

「うん。アリアナなら、変に気を遣わなくてもいいし。それに頼りにもなる」

「そ、そ、そう?」

「うん。今回は俺が倒したけど、アリアナの力が必要なんだ、俺には」

笑ってるだけで元気出るしね。

「そっか、私のこと必要かぁ、ふふふ……ふふ、ねぇもう一回言って。お願い!」

……ちょっと面倒なお願いをしてくるアリアナ。こんな時は、下手にはぐらかさない方がいい。

「アリアナが必要だ」

再度の俺の言葉に、よほどご満悦だったようだ。

アリアナは頰に手を当て、とろけた表情になる。次に俺の後ろへ回ると、左右から交互に顔を覗かせてせがんできた。

「やっぱりもっと言って! もっと聞いてたいかも。枕元でも、今日の夢の中でも聞きたい!」

面倒くさい、と思ったがあまりに可愛かったので、続けて三回言った。

それから俺たちは、本命のクエストへと改めて仕切り直す。

ライラたちが数なら、こちらは高難度クエストをこなして、どうにかあと十日で上り詰めてやる。

そもそも俺たちが受けたクエストは、マンドラゴラの採取だった。

俺とアリアナは、その魔草が生えているとされるダンジョンの最奥に向かう。

といっても、この間ワイバーンを討伐した場所とはまた別だ。

このダンジョンの内部は、途中でルート分岐がある。

今回の道は、最終的に森へと出る。森に漂う魔力で季節感が狂うのだろう、年中鬱蒼とした全容不明のフロアだ。

ダンジョンの外ではまずお目にかかれないような、奇々怪々な植物たちが群生していることが、場所の特異さを物語っている。

地面にはそれらの根が立派にはびこり、冒険者たちが踏みならしてできたところ以外は、道がないも同然だった。

「この中のどこかに生えてるから見つけ出せ、ってあんまりじゃないかしら」

「たしかにめちゃくちゃ適当だよなぁ」

この森のどこかには必ず生えている。そう依頼書には書かれていたが……目の前すら視界が危うい。

成功報酬がやたら高かったのは、この雑で丸投げな依頼内容のせいだったようだ。

「あ、ミミンガよ！」

そのうえ、モンスターもそれなりに飛び出てくる。

ミミンガとは、小型のウサギのような、凶暴でいたずら好きなモンスターだ。

左右に駆けながら、こちらへ襲いかかってくる。

「ひと引きで散らせ、クアトロシャフト！」

アリアナが派手な詠唱に続けて、水を纏った矢を連続で放つ。

しかしその矢は、やたらすばっしこいミミンガには当たらず、全て地面へと刺さってしまった。

ミミンガはその矢の隙間を縫うように、こちらに目がけて飛びかかってくる。

「きゃっ、私の弓！」

そしてあろうことか、ミミンガはアリアナの大切な武器を奪って走り出した。

となれば、ここは俺の出番だ。

まともにやろうにも、的が小さすぎるから、土属性でも使ってみようか。

俺は頭の中で詳細なイメージを組み上げ、魔法を練っていく。

ただ詠唱するだけでは、ちっともうまくいかない。呼吸、鼓動、心、頭、全ての要素を整え終えて、俺は地面に向け剣を突き刺す。

「這い回れ！　ソイルドラゴン！」

すると、その点から畝のようなものが浮かび上がり、蛇行しながらミミンガへ向かっていった。

これは土でできたドラゴンが、ターゲットを捕まえるまで追いかける魔法だ。

かなりの速さで、ミミンガは焦って逃げ惑うが、意地でも弓は離さない。

「追ってもいいかな、タイラー。私の弓が……」

「もちろんだ」

アリアナの大切な物は、俺にとっても大事だ。

俺たちは、ひた走るミミンガの後を追う。

途中、アリアナが手を繋いできた。「はぐれないように」とは言っているが、にまにましている。

武器を奪われたショックはないのかと思って尋ねると、アリアナは微笑んで言った。

「弓も大事だけど、一番大切なものは今握ってるもん！」

なんだこの可愛い生き物。それに比べて、なんだあの憎憎しい生き物。

ミミンガはひたすら逃げ続け、最後には草地に分け入っていった。

こうなったら、と俺は火属性魔法を使いかけるのだが、それより先にソイルドラゴンがミミンガを崖の淵で捕まえた。

近くまで駆け寄ると、予想外の出来事が待っていた。

「……憎い憎いと思ったけど、これぱっかりは感謝しなきゃな。アリアナ、あそこ見える？」

「あ！　……あれって、もしかしなくてもマンドラゴラ!?」

そう、ミミンガを捕捉していた奥に、目的の魔草が生えていたのだ。こんな奥地にひっそりとあるなんてな。

しかし、困ったことが一つあった。

「ミミンガを倒そうと思ったら、マンドラゴラまで傷んじゃうかもしれないわね」

アリアナが顔を顰める。

そう、マンドラゴラの生えている位置が悪かったのだ。俺たちの位置からでは、ミミンガ単体を狙うのは至難の業だ。

火や雷は最悪である。燃え移ったら取り返しがつかない。しかし、他の属性はほとんど使ったことがないので、この状況で使うには精度が不安だ。

水属性なら素材を傷つけないから、一番安心だろうが……それなら俺よりも適任者がいる。

ただ彼女の魔力では不安も残る。そう思った俺は、アリアナの手を握った。

「タ、タ、タイラー!? タイラーから手を握ってくれるのは嬉しいけど、こんな時に!」

「いや、そうじゃないんだけどさ……魔力、俺の分も使ってくれよ。俺はまだ細かい操作ができないから」

「……あー、そういうこと」

なぜだか少し残念そうな彼女へ、俺は魔力の一部を流してやる。

一人で使うには、持て余していたところだった。

これはさっき、親玉オークを倒した時に気づいたことなのだが、俺は今、普通の冒険者よりはるかに多くの魔力を持っているようなのだ。

だからこそ、フレイムフィストに、ソイルドラゴンと、魔力を大量に消費する技を使ってもなお、魔力が切れていない。

「すごいっ。タイラーを感じるわ、きてる、タイラー! きてるよっ! うんっ、んっ……もっときてもいいわよ」

艶のある声に余計な考えがかすめるが、その邪念を振り払ってアリアナに伝える。

「……頼んだよ、アリアナ」

「うん。任せてよ。タイラーの魔力があったら百人力だもの。いくわよ、ウォーターテールッ！」

詠唱とともに、空中に生まれた水が尻尾の形になると、マンドラゴラを根元の土ごと掬い上げた。

繊細な操作が求められる技もできるから、アリアナはすごい。いつか俺も追いつきたいと思わされる。

そう感心している間に、水の尻尾は渦へと変わり、マンドラゴラをドーム状に覆う。

しかしちょうどその時、ミミンガがアリアナの弓を手にしたまま暴れ出した。

「ど、ど、どうしよ」

このままではマンドラゴラが散らされかねない。

ただ、土属性魔法を再度使用しようにも、間に合いそうになかった。

俺は一か八か、刀を抜く。思い当たる魔法が一つあったのだ。

刀身を一度撫でてから、天高く突き上げる。

「ウィンドウィング！」

鍔付近から魔力の渦が噴き上がった。風属性魔法である。

髪や服がなびく中、神経を全て集中させて風を丁寧に操る。

針に糸を通すかのごとく、ミミンガだけを吹き飛ばすつもりで放ったのだが——その結果を見て、アリアナが驚きの声をあげた。

「こ、こ、凍ってるわよ⁉」

「……はい？」

ミミンガは、この距離から見ても分かるほど、はっきり凍りついていた。縦に長い歯を見せたまま、微動だにしない。

そして、マンドラゴラの周りに渦巻いていたアリアナの水魔法は、氷の容器に姿を変えているではないか。

もちろん、その葉は無事だ。凍りついたおかげで、変に引っこ抜いて断末魔を浴びる危険も回避できたようだ。

俺は何が起きたか分からず、固まる。

気を取り直してステータスボードを開くと、新たな表記が加わっていた。

『特殊魔法属性・氷が解放されました。風属性、氷属性のレベルが2に上がりました』

……なにやら俺は氷属性まで使えるようになったらしい。それも、習得後に即レベルアップまでしていた。

属性魔法は組み合わせれば、特殊魔法が使えるようになる。

親父に聞いていただけの話だったが、それが本当にできるとは感無量だ。

まさかの事態にアリアナが声をあげた。

「さすがタイラー！　ほんと規格外っ！」

「何言ってるんだよ、アリアナのおかげだよ。俺一人ならそもそもあんなに綺麗な水のドームを作れなかったと思う」

「今回ばかりはその謙遜通じないと思うな。タイラーの魔力を借りからこそ、あの魔法を使えたんだもの。ありがと、タイラー！」

アリアナは、凍ったミミンガから愛弓を簡単に取り返す。

ついでに、えいっとブーツの先で軽くミミンガを蹴った。すると、ミミンガはまるで球のように、ころころこてんと倒れた。

「わ！　私の水魔法もレベルアップだ♪　冒険者レベルも12まで上がってる！」

そしてアリアナはそんな嬉しそうな声を出すのだった。


ギルドに戻ってから聞かされた報酬の金額は、尋常ならざるものだった。

受付のエルフのお姉さんが顔面蒼白で口をぱくぱくさせ、餌を待つ金魚のような表情をする。

「クエスト報酬、百万！　百万ですって！」

俺とアリアナもその言葉に驚愕し、口が開きっぱなしになってしまう。

そもそもマンドラゴラはかなりレアな植物で、中級ダンジョンではほとんど幻の存在だ。かけらだけでも、採取できる人間は少ないと言う。

そんな素材を俺たちは、根っこまで余すことなく完璧に運んできたのである。

しかも凍りつかせたことによって、超新鮮なまま運搬できたのが功を奏した。

そのおかげで、報酬が跳ね上がったのだ。

元々十万ペルでも破格だと思っていただけに、この金額の上がり方は想定外だった。

いまだにぽかんとしている俺とアリアナに、お姉さんはまだ続ける。

「それから親玉オーク討伐の報酬が、五十万上乗せになりますすす！」

動揺から、呂律がすごいことになっている。

ようやく状況を呑み込んだ俺は疑問を口にした。

「あの討伐依頼、そんなに高かったっけな」

「あのオーク、街に出てこようとしていたみたいで。危うく飛び出してきそうな危険なモンスターだったんです！　それで報奨金が国から、ばーんと増額されたんです！」

国って……またまた大きな話だ。

まさか、この街が属する王国――サンタナ王国が関与するほどの話だったとは思いもしなかった。

それにしても、突然転がり込むにしては、あまりの大金だ。

『過剰なお金は人の心を狂わせる。最終的には人生も狂わせるのだ』

親父の言葉が俺の脳裏に蘇る。

大金を目にしたことのなかった俺は、その話を聞いても、狂いそうになる気持ちは分からなかったが……いざ目の前にすると、少しはその気持ちが理解できた。

「ここまでくるとちょっと怖いわね……」

アリアナも同じ感想を抱いているようだ。けれど、すぐに、にっと笑う。

「でもタイラーなら大丈夫よ」

「えぇっと？」

「タイラーなら、ちゃんとお金の管理くらいできるでしょ、ってこと。エチカちゃんに使う分、貯蓄する分、生活の分、それが大事なのは分かってるでしょ。それとも遊びに使うの？」

身にしみる言葉だった。俺は迷わず即答する。

「するわけないな」

「じゃあ大丈夫よ！　……まぁ私はママに預けるけど」

「……遊ぶから？」

「失礼なっ！　単に怖いからよ！　もう、早くエチカちゃんのところに戻ろ？　あんまり遅くなったら、違法な運送業者がうろつくって話でしょ」

俺たちは、大金を心して受け取って、ギルドを離れる。

お金を渡してくれる時、エルフさんは泡を吹きかけていた。

中心街に着く頃には、夕日が町並みを照らしていた。日没を前に、市場は賑やかだ。

「昨日はちょっと派手な油ものだったから、今日は控えめに行きたいわね」

アリアナはそう言って、健康的で美味しいものがないかと思案しながら店を吟味していく。

大金を得ても、感覚が変わらないその姿勢は素晴らしい。将来はいいお嫁さんになりそうだ。

「そこの恋人さんたち！　どうだい、新鮮な野菜入ってるよ」

しばらく歩いていると、露店(ろてん)の店主に勘違いをされた。

二人して真っ赤になって、足早に過ぎ去る。けれど結局、野菜欲しさに戻ってきた。

「いい夫婦だから、リンゴおまけしとくぜ」

……どういう心境の変化があったのか知らないが、格上げされた。

「えぇ、えぇ、そうでしょうとも！　う、うちの旦那素敵でしょおおお!?」

店主の言葉を聞いたアリアナはといえば、できる妻を演じようとして、事故っていた。それこそリンゴのような真っ赤な顔をして、俺の腕にしがみついている。

市場で夕飯の買い物を終えると、まだ欲しいものがあった俺は、帰りがけにアリアナに頼んで薬売りに寄らせてもらった。

「どうしたのよ、そ、そ、その」

アリアナの声が、わななく。

「魔力剤なんか見て」

俺が見ていたのは、いわゆる魔力補給飲料だ。

効果は一時的なものだが、飲むと即座に力が漲り、身体が浮くほどだと言われている。そのせいで、元の効能に関係なく、夜の営みに使われることが多い。

いくつかの瓶の成分表を見比べても違いが分からなかったので、適当に一本を選んだ。

五千ペル。おむすびやパンなら、五十個近く買えるものだったりする。多少値段は張ったが、今日の報酬を思えば、これくらいはいいだろう。

二日連続、アリアナと二人で俺の家へと向かう。

道中、彼女はずっと顔を俯けていた。なにやら、様子がおかしい。

「どうかした？」

「はうっ⁉　ど、ど、どうもしてない！　ただちょっと夜のことを考えて、心臓が、その、ね？」

「……あー、夜ね。今日も泊まってく？　また遅くなるし」

「は、はうぅ⁉　や、や、やっぱりそうくるわよね。ついにタイラーと同じベッドで同衾……！」

話が通じてないようだったが、アリアナの反応が可愛かったので、そのままにしておく。

その日、俺たちは連日の食事会を開いた。

アリアナはエチカの部屋に入っていくまで、妙に調子外れだったが、それも含めてエチカは愉快そうにしていた。

転がり込んできた大金よりずっと価値がある。

妹の笑顔が、俺にとってのなによりの報酬だった。


自室に戻った俺はベッドに座して腕組みをしていた。

その目線の先、枕元に置いているのは件の魔力剤だ。

ギランギランに真っ赤な色味をしている。力が湧いてきそうなのは、飲まずともよく分かる。そして、ひどく苦そうだ。

それゆえに、本当に使っていいものなのかと少し躊躇っていた。いったいどこまで効果があるんだか。

でも、買った以上は腹を括るしかない。せっかくお金を払ったものを無駄にするなど、貧乏グセのついた俺にはできないのだ。

俺は覚悟を決めて、蓋を開ける。匂いだけでくらりときたが、倒れるほどではない。ヘッドボードに魔力剤を置いてから、手のひらを下へ向ける。

ふわっとした精霊のイメージを固めていくと、光量高い塊がベッドの上に顕現した。

「呼ばれて飛び出た、キューちゃん♪ ご用事ですか、ご主人様！」

すかさず人型になったキューちゃんは、本物の猫のように構えた拳を、くいくいっと揺らしていた。

いつの間にか着替えていた巫女装束が、またよく似合っている。しかし精霊獣というのはすごい。服装まで自由自在らしい。

「ここはー……はっ、ご主人様の匂いがするものがたくさんある！ ということは！ またしても、ご主人様のベッドの上ですね⁉ それも今回は夜中に⁉」

「ん。そうだけど？ それがどうかしたか」

「ははーん、ご用事が分かりましたよ、ボク。任せてください！ 初めてですが、ふつつか者ですが！ ご主人様が能力の覚醒をなさる前から、この時を夢に見てました！」

キューちゃんは、びっしりと敬礼し、俺に擦り寄ってくる。

獣の匂いはしない。それどころか女性特有のかぐわしい匂いがして、胸が高鳴った。

が、どうにか俺は寸前で彼女を止める。その頃にはもう彼女の小さな手が、俺のシャツの襟とベルトにかかっていた。

「……あのな、いたずらにやるなよ、そういう真似」

男心を弄ばないでほしい。

仮にも光属性の召喚獣なのだし。このままだと、やっていることがサキュバスと変わらない。

……まぁそもそも、抱きついて、特殊な方法で治癒する子だから、今さら指摘はしないけれど。

「用事は別だよ。キューちゃんにお礼をしようと思ったんだ。言ってただろ、キューちゃん。ご褒美がほしいって」

「……そのご褒美がご主人様自身だと思ったんですけど。違うのです？　いわゆる逆据え膳では？」

「俺なんかじゃご褒美にならないよ。だからほら、これを用意した」

俺は魔力剤を身体の前に持ってくる。

これを買ったのは、自分のためではなく、キューちゃんへのお礼のためだった。

魔力の補給を存分にできれば、召喚獣として悪いことはなかろうと判断したからである。ただ、どの程度効果があるのかが少し恐ろしかったのだ。

キューちゃんを見ると、すでに目を輝かせていた。

魔力！　魔力！　と小躍りしそうな勢いで、尻尾がくるくる回って、ヘッドボードを打ちつけていた。

「痛くないか、尻尾」

「そんなのは些細なことですっ！」

きらきら、いや、ぎらぎらの目がすぐ前の瓶に注がれていた。

平時でさえ暴走気味の彼女だ。ここまできて不安になるが、もう渡さないわけにはいかない。

控えめに差し出すと、キューちゃんはすぐ一息に飲み干した。

「ご主人様、すごいです、これっ！　うわっ、わっ！」

ウネウネと腰をよじるキューちゃん。

少し苦しそうなくらいにうーっと声を出す。大丈夫かと心配しかけるが、その鼻息が驚くほど荒くて杞憂だと知った。

「ご主人様ぁ……」

「き、キューちゃん……？」

キューちゃんは、らんらん踊る目で俺を押し倒す。

むしろ、俺が自分の身を心配すべきだったようだ。さすがに召喚獣だけあって、魔力を補給した後の力強さは目を見張るものがあった。

びくとも動けないでいるうちに、キューちゃんが俺に顔を近づけてくる。

桃色の吐息が頰を伝って、首筋に垂れ入っていく。

「お、おい、一回待とう？」

「待ちません！　いいですよね？　首は振らせませんよっ。ボクはもう本気です」

猫娘が有無を言わさず迫る。

心臓が、壊れたように脈打っているのがわかる。

これは、いよいよ防ぎきれない。

キスどころの話ではない。その先の先も――

そう思って身構えると、きぃ、と悲しげな音を立て、部屋の扉が開く。

目をやれば、アリアナがピンクの寝巻き姿で立ち尽くしていた。

「この、泥棒化け猫ぉぉぉ～！」

おおぉぉぉおおと、部屋に声が響き渡り、室内に二回こだました。

「わ、わ、わ、わ、私と、そ、そ、その、す、す、するんだと思ってたのにぃぃーーーーー！」

そこからのことはよく覚えていない。

アリアナとキューちゃんを仲裁したり、二人から抱きつかれたり。

色々なすったもんだがあったあと、いつのまにか意識が途絶えた。

気づけば寝ていて、朝目を開けたら……

「なんでこんなことに」

美少女三人に囲まれて寝ていた。いつから混ざってきたんだ、妹よ。

「うーん……お父さんがいなくても寂しくないよ、私」

寝言だろう、エチカがそう漏らす。

俺はその言葉にはっとして、そのゆるふわなクリーム色の髪を撫でてやった。

思えば、この二日間は急に賑やかになった。

俺がいるとはいえ、ダンジョン攻略で忙しくしていて、なかなか話す時間を取ってやれなかったからな。

アリアナとキューちゃんがいて、きっとエチカにとっては、姉ができたような気分なのだろう。少々おてんばが過ぎる姉たちではあるが。

――そこからの日々は、とにかく一瞬だった。

なるべく高難度のクエストをこなし、点数を稼いでいくうち、あっという間に過ぎていく。

そして、迎えた月末。俺たちの努力は実っていた。

中級ギルド内で、月間冒険者ランキング一位を獲得していたのだ。

二人組パーティにおいては、初の快挙だったらしい。結成から約十日というのも最短記録だったそうだ。

二位は、ほんの僅差(きんさ)でライラたちのパーティだった。

中級ギルドで、タイラーとアリアナが一位を獲得した一方、所属ギルドを中級から降格させられたゼクトは、初級ダンジョンに一人で臨むことになっていた。

悪名が広がってしまったため、パーティを組んでくれる仲間が誰一人集まらず、シータとも、あれ以来連絡が取れていない。

そこで、やむをえず単独でダンジョンへ挑むことにしたのだ。

初級ならば余裕があるから一人でもまったく問題はない、ダンジョンに入る前、ゼクトはこう息巻いていた。

しかし、モンスターたちを前にすると、どんなにランクの低い相手でも、剣を握る手の震えが止まらない。

「くそ、なぜ私がこんな雑魚に……」

前回の恐怖がゼクトに植えつけられていたのだ。

中級でレベルを3まで上げていた自慢の火属性魔法だったが、当たらなければ意味がない。

胞子で攻撃をしてくるキノコ頭のモンスター、マッシュルにすら倒せなかった。

マッシュルは、一撃でも当ててしまえば倒れる相手だと言うのに、その一太刀が当たらないのだ。

それればかりか、攻撃を食らってしまう。

胞子が絡まりついて、腕が痺れた。親にせびり新調した双剣を必死で握る。

しかしマッシュルの群れにたかられ、ゼクトにとっては必需品の眼鏡が取られてしまった。

視界が一気にぼやける。カランカラン、と追い討ちをかけるように足下で音がした。

腕に思うように力が入らず、剣を落としてしまったのだ。必死に握り直そうとするが、ぼけた視界では剣を見つけるのも手探りになる。

意地でなんとか拾い直そうとするが、ゼクトには四つん這いになってその身で抱えこむのが精一杯だった。

——このままでは、初級ダンジョンの一階でのたれ死ぬ。ゼクトがそう覚悟した時、小さい竜巻がマッシュルにぶつかった。

「大丈夫ですか、そこのあなた」

風魔法を操る青年冒険者が、拙い魔法で、マッシュルを追い払ってくれたのだ。見た目はゼクトと同い年くらいで、戦斧の使い手だった。

「これ、あなたの眼鏡ですよね」

冒険者になりたてで、ゼクトの悪評についてなにも知らない青年は、親切に声をかける。

装備が最初に支給される防具だったことから、彼が初心者であることにゼクトは気づいた。

ゼクトは眼鏡を受け取って耳にかけながら、奥歯を噛み締める。

(助けてもらったとでもいうのですか、こんな青二才に。この私が?)

初級冒険者に助けられたことに、感謝より屈辱が勝るゼクト。

彼は、冒険者としてはすでに再起不能となる一歩手前まできていることに、まだ気づいていなかった。

「じゃあ僕たち行きますすね!」

ようやく立ち上がったゼクトに爽やかに笑いかけ、青年は少し離れた場所にいたパーティの輪の中へ戻っていく。

彼が合流すると、パーティは並んで歩き出す。仲睦まじいパーティだった。

青年の背が、タイラーの姿に重なる。

「クソがっ!」

唐突に怒りが湧き起こって、ゼクトは大声で叫ぶ。パーティ全員が困惑した表情で振り返った。

「フレアピラー！」

ゼクトは剣を拾い上げて彼らに向けると、情けなく裏返った声で魔法を唱えた。

不安定な技が発動する。

パーティを割くように三本の炎の柱が伸びていった。

精度が低いため当たりこそしなかったが、彼らを慄かせるには十分だ。

だが、青年たちは決して散り散りになることはなく声をかけ合っている。

「みんな、無事か？」

「怪我してたら、私が治すよ」

「とりあえず、僕が盾になるから今のうちに下がって」

彼らには結束力があったのだ。

全員がゼクトを警戒し、仲間を思いやる姿勢を崩さない。

実力では勝てないだろうに、団結し立ち向かおうとする姿。それがなお、ゼクトを苛立たせた。

自分の作れなかった、作らなかった、美しいパーティの姿だった。

「クソ、なぜ私が！」

怒りにまかせてそう吐き捨てるゼクト。

さっきはたまたま当たらなかったからよかったものの、非のない冒険者に危害を加えることが、
どれほどまずいことかは考えるまでもない。

いよいよギルドから完全追放されてしまうだろう。

ゼクトは怒りに打ち震えながらも、彼らの真ん中を通り、その場を去る。

「絶対誰にも言うんじゃありませんよ」

最後に、新米パーティにこう吐き捨て、ついでに唾も散らしておいた。

結局、その日のゼクトの成果はゼロだった。

マッシュルに弄ばれ、新米パーティに助けられ、その恩を仇で返した。ゼクトのやったことはそれだけだった。

腹の底が無限に熱くなる。普段は取り繕うのがうまいゼクトだったが、この状況では理性がきかない。

ギルドに戻り、待合室の席でふんぞり返ったところで、ある噂が聞こえてきた。

「聞いた？　タイラーさんのこと！　すごいらしいよ、中級ギルド、十日間で一位取ったんだって！」

「知ってる知ってる。当たり前じゃん。見た目も格好いいからずっと注目してたもん。アリアナさんがいるから、恋愛はさすがに厳しそうだけど。見て憧れるくらいならいいよね」

「えー、狙う前から諦めなくてもいいじゃん。可能性あるよ〜。まだ付き合ってはないでしょ。声かけてみる？」

ゼクトにとっては実に不快な話だった。床を思いっきり踏みつけて、席を立つ。

盛り上がっている初級冒険者女子は、その威圧に気づかなかったようで、世間話をやめない。

「でもでも、たしか二位のパーティとも仲良いんだよね。あの、ライラさんのところ」

「あ、聞いたよ、それ。あのパーティいいよね。女の子だけでも、一人一人はすごく強くなくても、上位に入れるって夢があるもの！」

最後に耳に挟んだのは、こんな情報だった。ゼクトは、つい足を止めてしまう。

（あのタイラーと仲の良い女子パーティだと……？）

ゼクトは、トラウマからモンスターには攻撃できなくなってしまった。けれど、自分が人間に対してなら攻撃できることを先ほど知ったばかりだった。

ゼクトの頭を悪い考えが埋め尽くす。

実力はないパーティだそうだし、女というのがなおそそる。ついつい、舌なめずりを三度してしまった。

タイラーに復讐するより、彼の仲間を掠(かす)め取る方が、ずっと腹いせになりそうだ。

月が明けた五月はじめ。
俺、タイラーとアリアナは、上級ギルド入れ替え戦に臨むため、トバタウンから少し離れた海近くの街、ミネイシティを訪れていた。
「これが潮(しお)の匂いってやつね。いつぶりかしら」

トバタウンから二時間弱の距離だが、訪れるのは二人とも十年弱ぶりのことだった。

それにしても、見るからにトバタウンとは栄え方が違う。

さすがは上級ダンジョンのある街だ、得られるアイテムのランクが上がる分、冒険者も多いのだろう。

市場の規模はかなりのものだった。特に今日は昇格戦という行事があるからか、大通りにはたくさんの露店が並び、活気づいている。

港町であるためだろう、見慣れない商品を扱う問屋も散見され、興味を引いた。

「まるで別世界ね……」

「まったくだよ。発展が著しい、って親父から話には聞いてたけど本当なんだな」

「そうなんだ？」

「あぁ、うん。エチカの体調のこともあって引っ越しまでは難しかったけど、上級ダンジョンには何度も行ってたみたいだから」

とはいえ、父から貰っていたのは食べ物や土産話のみ。こうして街そのものを目にする日がくるとは感慨深い。

だが、いつまでも興奮して田舎者全開になっている場合ではなかった。

今日の俺たちは、挑戦者だ。

わざわざこうして足を運んでいる以上、気を引き締めねばならない。

アリアナと二人、上級ギルドの建物の前に着くと深呼吸をした。

トバタウンの中級ギルドより厳めしく、立派な造りだ。

「いよいよね！　うわぁ、鳥肌立ってきたかも⁉」

「あぁ。やれることをやろうな」

重厚で、つた模様と王家の紋章が施された戸を押す。

第一歩を踏み入れた俺は、思わず声をあげる。

ギルド長を中心に職員が一列となって、俺たちを待ち受けていたからだ。

「お待ちしていました。中級ギルド一位パーティ、タイラー・ソリス様ならびにアリアナ・ベネット様」

全員の頭が恭しく一斉に下がる。

かなりの人数だったが、その統率の取れ方はさすがのものだ。とはいえ、この出迎え方は派手だろうと思うが……

毎月の頭は、この入れ替え戦のためにギルドの通常営業は休止となる。有事以外はダンジョンへの立ち入りも禁じられるほどだから、入れ替え戦にどれほど注力しているかが分かりやすい。そう考えると、この対応にも納得できた。

俺たちはかなり早くに到着したようだ。しばらく待っていると、参加者たちが徐々に集まってくる。

端と端に離れてしまったが、最後の最後にライラが駆け込んでくるのも確認できた。なんだか焦っている様子に見えたが、どうかしたのだろうか。

「それでは、これより昇格戦の開会式を行います！」

全員揃ったところで、ギルド長からの挨拶がなされる。さらには、昇格戦に関する説明が始まった。

「中級側、上級側に分かれて、総当たりの模擬戦を行っていただきます」

つまり、俺たちの相手は、上級の下位成績パーティ五組全てで、中級同士で当たることはない仕様だ。一戦ごとに審判により、得点方式で判定が下される。

五戦の結果で順位を決め、上位五組が上級ギルド冒険者となれる。ちなみに戦績が等しい場合は、再戦を行うそうだが……

まぁ単純に言えば、全て勝てば問題ないのだ。

説明が終わると、いよいよ入れ替え戦開始となる。

俺たちは第二試合と第四試合、それ以降は他パーティの成績によって流動的に決まることになっていた。

一旦フィールドの外にある控室に向かおうとしたところで、とあるパーティに絡まれた。

「兄ちゃんたちか、最初の相手は。ワイは、サカキちゅうんや。どや、強そうやろ？」

前から歩いてきたのは、チンピラ風の中年男が率いる三人組のパーティだった。全員が武道着姿、頭は刈り上げで統一されている。

口ぶりから察するに、俺たちの初戦の相手らしい。

なんだか態度が鼻につくけれど、ただの挨拶なら受け入れてもいい。

そう思い、俺は手を差し出した。

「おっ、姉ちゃんかわええなぁ。それにえぇもん持っとる。ワイのパーティ入らんか？」

しかし、サカキという男の視線はアリアナの胸元に釘づけになっていて、俺のことなど見向きもしていない様子だった。

図太い手が、彼女の腰元に伸びてきたので、俺はとっさに盾に入る。

「なんぞやお前、あん？」

「アリアナになにかしたら許さねぇからな」

俺がサカキを睨みつけると、一触即発の空気になる。

「大口叩いてくれるじゃねぇか……おっと」

そこで、サカキはギルド職員の目を気にしたらしい。

「中級ギルド一位ってくらいで調子に乗るなよ」

「大体、二人で達成なんてどうせまぐれだろ」

「思い知らせてやるよ。ワイらは上級の最奥にたどり着いたことがあるんだぜ。ちょっとばかしサボりすぎちまっただけだ。中級から上がりたての坊主に負けるわけがないんだよ！　その姉ちゃんもワイに惚れちまうかもなァ」

一人一人、捨て台詞を吐いて、サカキたちは去っていく。語尾を伸ばされたのが心底腹立たしい。

「……なんだか丁寧じゃないだけのゼクトみたい」

アリアナが舌をべーっと出して、変な顔をしてみせる。そしてそのあとに身震いをして、両腕をさすっていた。

見ていられず、俺はアリアナの頭を少し撫でた。

「大丈夫。勝てばいいんだ」

「……ねぇタイラー、それ気持ちいいからもうちょっと」

「……そりゃいいけどさ」

「んふふ～♪　タイラーにならずっと触ってほしいかも……あ、頭の話よ!?」

そんな天使のような可愛さを見て、改めて指一本触れさせるものかと俺は決意した。


「では、これより入れ替え戦第二試合を執り行います！　両パーティ入場！」

他パーティの一回戦が拮抗した結果に終わったあと、俺たちは初戦を迎えた。

舞台となるフィールドに入り見回すと、そこは広々とした楕円状（だえんじょう）の空間だった。

その外周を囲むように、二階、三階に席があり、詰めかけた観客で埋まっている。

「首洗って待ってたか？　兄ちゃんよ」

サカキは俺を見ると、太い腕を腰に当てて、ケタケタ笑った。

他のメンバーも、まるで共鳴するように笑う。

「御託（ごたく）はいいですよ、サカキさん」

俺はあくまで、冷静に応じた。息を吐いて、まぶたを閉じる。

心の中は多少熱くなっていたが、彼らに見抜かれることはないだろう。

ただ、アリアナには見透かされていたようだ。柔っこく、ほっそりした指が俺の手をぎゅうっと力強く握る。

「タイラー、私、屋台で甘いお菓子が食べたいわ。焼き菓子がいい！」

「……えぇっと？」

「それくらいすぐに終わらせよ、ってこと！」

すうっと肩の力が抜けた。

なるほど、アリアナがそう言うのであれば、それを叶えるまでだ。

「おう、たらふく食ってやろうぜ」

やはり彼女は、俺のことをよく分かってくれている。少しあった緊張も、いい具合に解れた。

俺は左足を下げて腰を落とし、抜刀の構えをする。

土踏まずに魔力を集め、試合開始の合図を待った。

模擬戦は、特殊なフィールドの中で行われる。模擬というだけあって、魔法での攻撃ならどれだけダメージが入っても死までは至らないよう、調整されているのだ。

ただ無論、打撃の痛みは軽減されない。そのため、過剰な苦痛を与えたり、明確な殺意を持って攻撃したりするのはルール違反となる。

「はじめ！」

審判員が赤白のフラッグを下ろす。

「死ねや、クソガキッ！」

いきなりのルール破り宣言とともに、大きな身体を揺らし走り出すサカキ。

……どこに置いてきたんだ、武道家精神は。

唯一武道家らしいのは、手に巻いたナックルダスターくらいだ。

俺はそれを一目だけ確認してから、膝から下を一気に蹴り上げた。

まだ発動する魔法の属性を決めていなかった魔力を、変換。

土踏まずの底に溜め込んだのは、風魔法だ。

そして、それを活用した移動魔法の一つである神速を使う。他の風魔法使いが使用すると、加速という魔法になるのだが、魔力量が多い人間が発動する場合は上位互換の神速と呼ばれる。

アリアナとの中級ダンジョン攻略の中で、練習していた技の一部であった。

次の瞬間にはもう、俺はサカキの背後を取っていた。鍔を押し上げる。

サカキはといえば、俺の残像に殴りかかっていた。

「ちょこまか動きよって！」

もちろん空振りである。

偉そうにしていた割には、酔いつぶれて判断の鈍ったおじさんにしか見えない。それは、サカキだけではなく相手のパーティ全員が似たようなものだった。

俺の動きに追いつけず、武器に手をやることもなく固まったままだった。

「そんなちょこまかしてたら、姉ちゃんから襲うぞ？」

俺に攻撃が当たらないことにしびれを切らしたのか、サカキは、言うに事欠いてそんなことを口にする。

アリアナに手を出すなんて、絶対にさせない。

早く決着をつけるべく、一方で間違っても殺さないため、俺は刃を返す。

つまりは峰打ちである。

そして、再び背後に回り込み、背中に一撃入れた。

「……くはっ。な、なんだと⁉」

巨体が膝から崩れ落ちる。うぅ、うぅ、ともがくので、剣先で少し突けば、もはや動かなくなった。とどめがいるか、と思っていたが、余計なようだ。

顔を見ると、サカキは泡を吹いていた。なんて不細工なのだろう。

それにしても、筋肉によって多少防御力があるのかと思ったが、見掛け倒しだったようだ。

他のパーティメンバーも何が起こったか分からない様子だ。俺は彼らをポコポコと刀の峰で叩いていく。

「な、なんだ⁉　グァッ」

首の後ろにある急所を狙えば、軽く叩くくらいで十分だった。

「う、う、うわぁ！」

情けない悲鳴を上げてよろめく、残りの一人。

最後は、そいつの裾にアリアナが美しい軌道で水の矢を刺して、動きを封じ決着となった。

「……髪が逆立っちゃってんなぁ」

俺は頭に手をやって、そう呟く。

速く動きすぎた。俺はやや癖っ毛のため、髪が面倒に絡まることがあるのだ。

それを直しつつ、元の位置まで戻ると、アリアナが水魔法をミストのように使って、俺の頭の上に撒く。それから、長い指で髪をといてくれた。

審判もなにがなんだか状況を掴み切れていないようだったが、完全に戦闘不能の彼らを見て、やや焦ったように旗を上げた。

「ち、中級一位パーティ・タイラー、アリアナの勝利です！」

観客席は大盛り上がりだった。控え室で出番を待つ他の入れ替え戦参加者たちも、ひそひそ話をしはじめる。

とんでもない、なんだ今の、という驚きの声がほとんどだった。

「格好よかったよ、タイラー。約束、果たしてくれてありがとっ」

ざわめきがうるさかったが、アリアナの声だけは、はっきり耳に入ってくる。

「でも、あんなにしちゃって大丈夫？」

「なにがだ？」

「あの人たち、次もう戦えないんじゃないかしら」

たしかに、やりすぎた気も少ししていた。

一瞬キューちゃんを出してやろうかとよぎったが、うちの可愛い猫娘に、あんな奴の世話をさせる義理はない。

「たぶん大丈夫だよ」

「ま、それもそっか。うまく加減してたものね……そうだ。あとさ、もう一つ言ってもいい?」

頬を人差し指でつつかれて、俺はアリアナをちらりと見る。

「なんだよ」

彼女は少し不満そうに口を尖らせていた。蜜柑色の長い髪を、顎を隠すように引っ張って言う。

「……あんまり格好良くされると、他の女の子たちがタイラーを見ちゃうのが、ちょっと嫌かなぁなんて」

さっきまであんまり綺麗すぎてチンピラに絡まれてたのはどこの誰だよ、と思う。

まぁいずれにしても、完全勝利だった。


始まる前にすったもんだあったとはいえ、快勝を収めた初戦。俺たちはとりあえずの祝勝会ということで、腹ごしらえに街へと出ようとしていた。

「ソーセージでしょ、スペアリブでしょ、あとは……はっ、ワイン煮……!?」

アリアナは、肉を食べる気満々のようだ。さっきまで甘いものを欲していたのに。乙女の心は気まぐれだ。

「うーん、じゃあ卵とじ丼はどうだ?」

「鶏はだめよ、今は豚なの!」

なんなら豚しか食べない気らしい。彼女の大好物の一つである。ただ、さほどゆったりもしていられない。

「そんなに時間ないからな、一試合空けて次だぞ」

「分かってるわよ♪　でも、大丈夫！　さっきみたく早く試合が終わることは普通ないわよ」

緊張感はどこへやらな様子で、楽観的なアリアナ。弓を後ろ手に抱えて、楽しげに俺を振り返る。

「……ま、それもそうか」

その緩さに俺もつられた。

気分転換は、むしろしっかりとやる方が、本番の集中にも繋がりそうだ。

正午ちょうど。二人仲良く、一旦ギルドを後にし、機嫌よく街へ繰り出そうとする。

すると、門を出てすぐのところで、知った顔がしゃがみ込んでいた。

「……どうしよう」

濃い青の髪を振り乱しているのは、ライラだ。

中級ギルド二位のパーティで、リーダーを務める少女である。

声をかけることさえはばかられるような雰囲気を発していて、通行人たちも横目に見るだけで過ぎ去っていく。

「ライラ、浮かない顔だな？」

俺は迷わず声をかけた。

「あぁ……タイラーさんに、アリアナさん」

「どうされたんです、ライラさん」

アリアナが、ライラの横に腰を下ろす。

人の傷まで自分のものと思えるのは、彼女のいいところだ。

「タイラーさんにアリアナさん。あの、実は……」

戦に臨む前とは思えぬ憔悴しきった顔。

それからライラが早口で語り出したのは、とんでもない話だった。

「パーティの子がね、二人来てないの。今朝から突然姿を消しちゃって。昨日の夜までは普通だったの。明日の試合は頑張りましょうね、って円陣組んでから別れたんだけど……」

「昨日の夜って、じゃあ夜中の間になにかあったってことか？」

「……そうなのかな」

ライラは嘆くように息をついて、肩を丸める。この間のような、余裕のある様子を今はまったく感じられない。

「今、残りの二人がこの街を捜してくれてるけど見つかってないみたい……本当は私だって捜しに行きたいんだけど」

仲間が行方不明の緊急事態。

それでもライラたちが戦いの場までやってきたのは、もしくはその行方不明の二人が先に来ているかもしれない、という一縷の望みにかけたからだそうだ。

「でもね、それだけじゃないの」

ライラは涙を浮かべて、悔しそうに声を絞り出す。

「今回の昇格試験は、せっかく掴み取った大きなチャンスだから。私たち、一人一人は強くないの。全員で、やっと五十個もクエストをこなして、ここに来られた。だから、絶対に昇格しようって言っていたんだけど」

そこまで言って、思いが溢れてしまったらしい。

ライラは、嗚咽を漏らして泣きはじめる。

こちらまで気が沈むような話だった。俺も思わず唇を噛み締める。

アリアナは沈痛な表情を浮かべつつも、ライラの背中を撫でてやっていた。

少しは捜す手伝いをできないだろうか。そう思って、俺は尋ねる。

「……なぁ、昨日の夜。いなくなった二人は、なにか言ってなかったか？」

ライラは少しの沈黙のあと、顔を上げる。その目は、はっと開かれていた。

「なにか思い出したのか？」

「……いや、大したことじゃないの。ただ、昨日は妙に視線を感じた気がして。てっきり昇格候補の発表があったから、注目されてるんだと思ってたけど、その中に変な人がいたかも」

「「変な人？」」

俺とアリアナがオウム返しに聞いた声が重なる。

「長身で、眼鏡をかけてたわ。黒い双剣を持ってた。真面目そうなんだけど、変な気持ち悪さがあって……」

俺たちは顔を見合わせる。

言葉こそ交わさなかったが、見解は同じだろう。俺とアリアナは、揃って天を振り仰ぐ。

――ゼクトに違いない。

俺をワイバーンの前で見捨てた奴なら、誘拐くらい非道なことはやりかねない。

「あいつ、ほんとサイテーね……」

「まったくだ」

怒りの感情が俺の心を占領していく。普段は感情を制御できる方なのだが、今ばかりは抑えようがない。

俺に対して、であればまだいい。

だが、他人に、それも俺の友人たちに手を出すのは、認めるわけにはいかないのだ。

どういうわけで女の子たちに手を出したのかは知らないが、俺の中で、許容の限度を超えた瞬間だった。

「……アリアナ、あのさ」

「行くの？　ゼクトのところ」

「あぁ、見つかるかも分からないけど、さ。このまま放っておけない」

アリアナは黙って、続く言葉を待っている。どうやら、俺がなにを伝えようとしているか分かったらしい。

「次の試合が始まるまでには帰る。だから」

「うん。じゃあ私待ってる」

アリアナは言い切ったあと、少し寂しそうに、橙の瞳に憂いを浮かべた。本当は一緒に来てほしいところだが……

二人とも試合開始時にいないと、無条件で棄権になってしまう。であれば、一人でも残ることで交渉の余地を残すべきだろう。

もちろん、制限時間内にここへ帰ってこられるのが一番だが。

「タイラーさん、そんな！　これは私たちパーティのことよ。それに、あなたたちも試合があるんじゃ」

「なぁライラ。一試合ってだいたいどれくらいだっけ？」

「……三十分から一時間くらいだけど」

「最短は三十分か……」

どうも、五分足らずで終わったのは異例中の異例だったようだ。

俺はギルドの建物に埋め込まれた大時計を見上げる。針は、十二時を少し回ったところだ。

「帰ってきたら、みんなで美味しいご飯でも食べよう。もちろん勝利の祝いに」

俺はライラの頭をぽんと叩いて、それからアリアナと微笑み合う。

そして俺は、ゼクトがいるだろう場所、トバタウンへ風魔法の神速を用いて、疾風のごとく駆け出した。

行きはゆったりと歩いて二時間弱かかった道。

けれど一切気を抜かず、前進することだけに注力し続けていたら、トバタウンに着くまでにかかった時間は十分ほどだった。

魔力の消費量も相応のものだったが、かなりの速度だったとは思う。けれど帰りを考えれば、ゼクトを捜す時間はそう多くない。

俺は、まずゼクトの家を目指す。一応、昔からの腐れ縁だけあって、場所は把握していた。

しかし、親御さんも留守にしていて、ゼクトの所在は掴めなかった。

小さいとはいえ、ギルドのある町だけあって、中心地はそこそこに開けている。

人の数も多く、建物なども道が入り組んでしまう程度にはあった。闇雲に捜しているだけでは、運任せで終わってしまう。

どうしようかと迷って、思い出した。俺は一旦自分の家へと戻る。

「あれ、お兄ちゃん、今日昇格戦なんじゃなかったの」

エチカが不思議そうに、かつ心配そうに部屋から出てきた。胸元で、手を握り込んでいる。

「ちょっと色々あってさ。とりあえず家からは出ないようにしとけよ」

「……なにかあったの？」

「大丈夫、心配しなくていいよ」

俺はにこりと笑いかける。

家には、不法侵入者などがあった時に対処する、防御魔法が仕掛けてあった。設置した魔石が敵意に反応して、侵入者を排除してくれるという代物だ。魔石というのは、鉱石の一種で、魔道具や結界を起動させる際に使う動力源になるものだ。

ひとまず、中にいれば安心のはずである。

俺は、自室へと足を向けると、すぐにベッドの下に入れていたガラクタ箱を漁る。

「やっぱりあったか」

出てきたのは、ゼクトの双剣の片一方の柄だ。ワイバーンを倒した帰り道に拾って、そのまま捨てる場所もなく、持って帰ってきていたのだった。

そして、俺には心強い味方がいる。

「キューちゃん！　匂いで探索もできるって言ってたよな。頼む、教えてくれ。これの持ち主、今どこにいる？」

「むにゃむにゃ、ご主人様〜、夢でも素敵ですぅ」

ちょうど昼寝の途中だったようで、こんな寝言を言っていたお猫様だったが、身体ごと揺すると、現実だと分かったらしい。

すぐに、四本足を限界までバネにして、一度部屋の端まで飛び退いた。

「あ、あれを嗅げというんですか!?」

あー、そんなに嫌……？

「快くない頼みだろうけど、頼むよ」

「……ご主人様、あとで絶対ご褒美くださいね!?」

「約束する、約束するから！」

「ほんとです……？　ほんとのほんとですよっ」

「嘘はつかないっての。信じてくれよ」

……つい、やましいことがある時のやり取りみたくなってしまった。

キューちゃんは猫耳を後ろに反らして毛を逆立てつつも、願いは聞き届けてくれた。嫌な顔をしながら、柄に鼻を押し当てる。

「うえぇぇ、吐きそうです……」

そう言ってから、匂いの主のおおまかの居場所を伝えると、意気消沈といった様子でのそりと俺の身体の中へと戻る。

どうやら、町外れにある倉庫街近辺のようだった。たしかにあの辺りは、人目につきにくい。すぐさま家を出ると、また快速で飛ばした。

倉庫街までは一分とかからなかった。あとはひたすら泥臭く捜索するしかない。

そう思っていた矢先、ゼクトの怒声が俺の耳に届いた。

「……くそ生意気な女どもだ。黙っていれば何もしないと言っているでしょう」

その言葉を聞いただけで、つい、ため息が漏れてしまった。

まったくどうしようもない。アイツはどこまで根性が歪めば気が済むのだろう。

呆れ返ったせいで緩んでしまった足を、声のする方へと向けた。

色んな感情が、一歩ずつ近づくごとに溢れ出す。

不思議なことに、まず浮かんできたのは憎しみより、同じ時間を過ごした思い出たちだった。

あんな奴でも、仲間だったのだ……まぁ、俺がそう思っていただけだったのだが。

そしてアイツは、それが思い込みでしかなかったことを最悪の状況で突きつけてきた。

裏切られたのは、分かっていた。

けれど、奇跡の生還を果たしてからも、俺は奴を憎みきれていなかったのだ。

だから俺はこれまで、仕返しがどうのというより、無関心を貫いてきた。

だが、こうして知り合いに危害を加えるようなら、もう容赦はしない。

今ここが完全なる決別の時だ。

そう強い意志を腹の底に固めて、靴の中で足指を握り込む。

「おい、ゼクト。その子たちを解放しろ」

そして、俺は倉庫の中に足を踏み入れ、ゼクトの前へ勇み出た。

彼は俺の姿を見るなり、天を仰ぎながら、クハハハと大声で笑った。

「私の予想通りですよ」

顔を振り上げた勢いで、眼鏡がずり上がる。彼は人差し指でつるを押し、元に戻した。

その後ろに、ライラ率いるパーティの女子二人の姿が見える。縄で口や身体を縛られているようだ。なんとか逃れようと、もがいて苦しそうにしている。

彼がやったのだろう。

俺はゼクトに鋭い視線を向ける。

「タライ、あなたなら来ると思いましたよ。本当に頭が悪いお人好しだ。二度とないだろう、上級に昇格できるチャンスをふいにしてしまうんだから」

「……俺を不戦敗させるためだけに、その娘たちを捕まえたのか」

「それだけではありませんよ」

ゼクトは、壊れたおもちゃのように右の頬だけを痙攣させて、卑屈な笑みを見せる。血管を醜く浮かび上がらせ、歯軋りを繰り返した。

「私はお前が、タライが気に食わないんですよ。お友達を誘拐したら、さぞ君にとって不愉快だろうと思ったんです」

「……ふざけるなよ」

「なにか言いましたか、タライ。随分汚い言葉が聞こえましたが」

これ以上、話に付き合うつもりはなかった。

まず俺は、小声で魔法名を唱え、透明な旋風をゼクトの後ろへと放つ。

威力は弱い代わりに、俊敏性にはかなり長けたものだ。クエストをこなす中で、練習してきた魔法の一つである。繊細な魔力を使用しているため、ゼクトに感知できるはずがなかった。

その風は銀色の渦を巻いて、女の子二人を縛った紐だけを綺麗に断ち切った。

解放された女の子たちは、腰が抜けたのだろう。地面へがさりと崩れ落ちる。

その音に、ゼクトは俺から目を逸らし、後ろを振り向く。

「敵に背中を向けてもいいのか、ゼクト」

「タライ、お前なにをしたのです！」

「……風魔法だよ」

「なんと？　なにも使えないはずではなかったのですか」

今さら、そこに驚くとは……中級一位まで駆け上がったのは昇格戦を受けるという情報とともに知っているはずなのに。そんな冒険者が魔法なしというのは、普通なら考えにくい。

たぶん、よほど俺が嫌いで、都合の悪い情報は耳に入れないようにしていたのだろう。

「でも残念ですねぇ。やっと能力が現れたからって、風属性魔法じゃ私を倒せませんよ。勉強だけは熱心なタライなら、知ってるでしょう。風は炎に相性が悪いんですよ！」

ゼクトは、新しく手に入れたらしい双剣を、背中から抜く。まだサビとは無縁なその刃が、ぎらりと光る。

「ファイアボール！」

さっそく詠唱とともに炎魔法を仕掛けてくるが、なにせ発動までに時間がかかりすぎていた。斬撃との二段攻撃のつもりだろうが、やはり遅い。

「相性が悪かろうが関係ねぇよ」

対火属性なら水属性の魔法を使うのが定石だろうけど……

俺はあえて風魔法をそのまま使うことにした。全属性の中で、もっとも鍛錬に時間をかけ、レベルを上げてきた自負があった。

魔力で推進力を加え、一回の蹴りで、至近距離まで寄る。

右手でアッパー……と見せかけ、左手で手首を掴んだ。

親父に教え込まれた体術で、その手を捻ってやった。折ることまではしなかったが、まずしばらくは使えないだろう。

魔法が使えないのではどうしようもない。その一言で切り捨て、体術や戦術をおろそかにしてきたゼクトには、ちょうどいい教育だ。

「ウガァァ！　貴様、なんだ、今のは！」

モンスターみたいな叫び声をあげるゼクト。

その双剣は一振りもされず、地面に落ちる。念のため、縄を切ったのと同じ風魔法をそのまま利用して、刀身を真っ二つにしておいた。

ゼクトの目に浮かぶものも、復讐や憎しみから、明らかな焦りに変わる。

「ゼクト、お前の負けだ」

俺は、右手の人差し指をピンと立てた。ほんの少しの魔力を、爪の先に集める。

溜まった魔力が螺旋状に形成されていった。

それが黒く混沌とした色に変わるのを見て、ゼクトの額に汗が滲む。

発動したのは、闇属性の魔法だった。

これまで意図的に使用してこなかったのだが、使うにはちょうどいい機会かもしれない。

「……ナイトメア」

俺はその人差し指でゼクトの眉間を突きながら唱えた。

「――ギャアァァァ」

悲鳴ののち、ゼクトの膝ががくりと落ちて、そのまま顔面が地面へ抵抗なく打ちつけられた。

ガラスが砕ける音が、すぐに続く。自慢の眼鏡が壊れてしまったようだ。

今までのゼクトとの長い付き合いとは反対に、あっという間と思える戦闘の短さだった。

それも、指一本である。追放した者と、された者。強者と弱者。その天秤がひっくり返った瞬間なのかもしれない。

俺は、剣を抜くことさえなかった。

ゼクトは、一切動かなくなっていたけれど、なにも死に繋がるような魔法をかけたわけではない。

「……よかった」

どうやら意識が飛んでいるだけのようだ。苦悶の表情ではあるが、呼吸は規則的だった。

「君たち、大丈夫か？」

心配すべきは、拘束されていた彼女たちの方だ。

「ほんま助かりました。やっぱり救世主様やったんや」

「……はい、ありがとうございます」

などと口にするが、反応が弱々しい。

俺は、背中をくっつけあって座り込んだままの二人の前で、再びキューちゃんを召喚する。

「呼ばれて飛び出た、キューちゃん！」

もはや出囃子と化したお決まりの台詞とともに現れた猫娘は、ふんすと拗ねたように顔をあさっての方向に捻り、尻尾をぷいっと巻いた。

自分の呼ばれた理由をすぐに察したのだろう。

「……むー、ご主人様のいけず！」

不満を言いながらも、彼女は治療にあたってくれた。

根は優しいんだよなぁ、なんて思っていたら、かなり激しく荒い治療を始めた。

女の子二人が疲労困憊で、なにもできないのをいいことに、好き放題にしている。

「ご主人様なんか、こうして、こうして、こんなことにしてやる！」

どうやら女の子たちに俺を重ねているらしい。

キューちゃんは「ちゃんと見てください！」と言うが、さすがに背を向けた。見たら犯罪で拘留されてもおかしくない。

治療中の二人の声で内容を推し量れてしまう自分を律し、無心になる。

そして俺は、ピクリともしないゼクトを見ながら、自分が発動した魔法のことを考えた。

——闇魔法・ナイトメア。

たしか魔法書には、一定期間、術者が設定したシチュエーションと似たような状況に遭遇した時、悪夢を見せると書かれていた。

これで当分は、人を襲うようなことをすれば、悪夢が彼を苛むはずだ。

今回は、古典書籍に使い方が載っていたのをそのまま実践してみただけだが、歴史の中で異端視されるのも頷ける、特異な魔法だと認識した。

闇属性の魔力さえ、さっき練ったのが初めてである。詳細が分からないから、これまでは自らに使用の制限を課してきたのだ。

「……いにしえの魔法、か」

現在、闇属性の魔法を持つ人は、ほぼ存在しないとされている。

原因は、はるか昔にあったらしい属性間闘争だ。

魔法属性は、基本的に血筋で決まる。

今や様々な属性の人が入り乱れて生活をしているが、過去には血統こそ全てという時代があったらしい。属性ごとに集団が構成され、それぞれが反目し合っていたため、その内部でのみ血を繋いでいたのだとか。

そして、その争いの中、闇属性は「異端」「魔王の末裔」などとされ、淘汰(とうた)された。

そう、昔読んだ本には書いてあった。

いつか、この属性の魔力も使いこなせるだろうか。

俺が自分の力に思いを馳せていると、キューちゃんが話しかけてきた。

「ご主人様、終わりましたよ♪　ボク、とっても偉いので、もう完璧です！」

振り返ると、服はぺろんぺろんになっていたが、二人の顔に元気が戻っている。ゼクトに抵抗した際に負っただろう傷は、すっかり癒えたようだ。

「タイラーさん、ありがとうございます」

「ほんまなんてお礼を言えばいいいか」

彼女たちは俺に丁寧にお辞儀をするが、まだ顔色は優れない。

理由は、昇格戦のことだろう。せっかくの努力がこんな形で潰えるのは、辛いに決まっている。

倉庫の真ん中に据えられた大時計は、十二時二十分を指していた。残り十分で、俺の試合が始まる。

彼女たちを置いていけば、確実に間に合うだろう。

だが、昇格どうこうの前に、俺は立派な冒険者でありたかった。

『仲間を大切にする』。それは、守らねばならぬソリス家の家訓であり、それを果たせないようでは自分を立派とは認められなかった。

だから迷わず、二人に声をかける。

「連れてくよ。まだライラたちの出番じゃない。きっと、まだ間に合う」

「ほんとですか!?　でも時間が。会場ってミネイシティですよね」

「タイラーさん、そんなことまでできるん!?」

女の子二人が、俺の腕を胸元に抱いてすがるように見上げてくる。

まいった。思いがけず、両手に花状態だ。

いや、不機嫌な猫娘が猫化して頭に乗ったので、頭にも花冠。

そんな中、俺は倒れているゼクトを見下ろした。

「なぁキューちゃん」

今度は目を上にやる。髪の上から、抜けた白の毛がふわふわ降ってきた。

「いやです」

「早いっつの。なぁ、触れなくても治療ってできるか？」

「まぁ軽いのならできますよ。こいつにやるなら、とりあえず身体の痛みを少し取り除くくらいですけど」

「……そうか。なら、頼んでもいいか」

「ご主人様は甘いです。甘々のあまちゃんです。まぁボクには厳しいですけど？」

これは今度たっぷりお礼をしなければなるまい。

俺は、頭の上にいる彼女のぬくい背中を少し撫でた。

するとキューちゃんは、地面にぴょんと飛び降りて、毛玉のような光の球を口からはき出した。

それをゼクトの身体の上へぺっと乗せて、彼女はまた頭の上に帰ってくると、ぺしっと尻尾で俺の背中を打った。

「終わりです、もうやりません」

……随分適当だなぁ。施術時間も短すぎる。

ま、ゼクトにはこんなもんでいい。決して情けをかけたわけじゃないのだ。

もしこのまま死んで、俺が人殺しだとか嫌疑をかけられても困ると思っただけである。

過去のために、未来のことを捨ててはいけない。

あとは、その辺の警備隊にでも引き渡せばいい。牢屋に入って、罪を償えばよかろう。

俺は倒れているゼクトの身体を起こして、背に負う。

もう行こう、時間も限られている。

キューちゃんが俺の内側へ帰ってきた後、俺は倉庫の外へ出て、すぐ魔力を練りはじめる。

地面に手のひらを向けて、作り出したのは風の渦だ。先ほどの旋風とは違って、人が乗れるような大きさ。周囲にある倉庫の屋根が軋みはじめる。

「す、すごい風力！」

「う、うん。それにこんな大きさの風魔法見たこともないかも。というか、スカートがっ」

髪が強く吹き上げられるが、今は構っていられない。もちろんめくれ上がっているのだろうスカートにも、見えているのだろう下着にもだ。

「ふらつきそうなら、俺に掴まっててくれ」

女子二人の腕が、俺の腰に回る。

それを待ってから、全身全霊の魔力を以て、風魔法の回転速度を上げていった。渦がだんだん平らになっていく。その様(さま)は、まるで風の絨毯(じゅうたん)だ。

「ホライゾナルクラウド！」

まとめて三人とも時間に間に合うには、これしかなかった。要は、空を駆けるのである。

もちろん初めて使う、超高難度の技だ。

出力が安定してくるのを待つ。試しに片足を乗せ、強度に問題がないか確認してから、三人で乗った。

膝立ちになり前を見据える。昇格戦の会場は、まだ遠く霞(かすみ)の向こうだ。

「絶対離れないでくれよ」

俺は女子二人が頷くのを確認する。

一気に、最高速度まで加速した。

まず目指すのは、警備隊の元。そしてその次は、アリアナやライラの待つミネイシティ。

最後に目指すのは、もちろん昇格戦での勝利だ。


ゼクトを、町外れを巡回していた警備隊に引き渡したのち、魔力をありったけ風属性魔法へ傾けて、ひたすら十分ほど飛び続ける。

そうして俺たちは、俺の試合が始まる前には、ミネイシティのギルド前へたどり着いていた。

正直、ここまで魔力を消耗したのは初めてだった。血を失ったのに近い感覚で、地上に降り立ったため、やや立ちくらみがした。

「大丈夫ですか？」

「うちにつかまって！」

よろめいたところを、女の子二人が両脇から支えてくれた。

「大丈夫だよ。ありがとう」

俺は二人に感謝を述べつつも、穏やかに離れんとする。

こんな擬似ハーレム状態でギルドに入ったら、アリアナになんと言われるか。

「な、な、なんなのおおぉぉぉ!!」

たぶん、こんな感じの反応をするだろう。

……って、あれ？　今の声、本当に聞こえたような。

声のした方向へ振り向くと、アリアナが顔を真っ赤にして立っている。

こりゃあまずいところを見られた。激怒されるのかもしれないと身構えるのだが、つかつかと一直線に近寄ってきたアリアナは、迷いなく俺の頭を掻き抱いた。

「もう。ほんっとにモテるんだから」

「……そうじゃないと思うけど」

「そうなのよ。そうって言ったらそうなの、まぁ、格好いいから仕方ないんだろうけどさ」

後頭部を押さえて、俺の鼻から先をためらいなく胸元に沈める。

「ふふっ。とりあえずおかえり、タイラー。頑張ったね」

「……ただいま」

柔らかいなんて表現じゃ到底足りなかった。心から安らぎを感じられるぬくもりが俺を包む。柑橘系の甘酸っぱい香りが鼻を覆っていた。

「これで、私の匂いついたかな？」

「マーキングみたいな言い方するなよ」

「だって私のだもん！　……ってのはちょっと、わがままかな？」

「……わがままでもいいんじゃないか」

「えへへっ」

アリアナの俺を包み込む腕に一層力が篭る。

しばらくしてから、アリアナは俺を解放する。

「また、髪がくしゃくしゃよ？　でも、綺麗な茶色ね」

全てを受け入れてくれる女神様のように、にこりと笑うアリアナ。

後ろから射す太陽の光が、その微笑みに神秘性すら与える。見つめていたら、息をするのを忘れてしまっていた。

「さっ行こっか！　まだ間に合うよ、昇格戦！」

「おう」

遅れて一言で答える。

不思議なもので、すんなりと立つことができるようになっていた。それればかりか四肢（しし）の末端まで力が漲ってくる。

空になったはずの魔力も、今はまた身体を満たしていた。

魔力の量は、体調や心理状態とも密接に関わるとされている。

つまり、俺の調子は、ほぼ完璧に整っていたのだ。胸の感触によって……じゃなくて、アリアナの抱擁（ほうよう）によって。

……彼女は、本当に女神かもしれない。そんなご加護も受けて、俺は再びギルドの重たい扉を開ける。

「「「タイラーさん、二人とも！」」」

ライラたちが、扉のすぐ手前で俺たちを出迎えてくれた。元々こっちに来ていた三人で俺に飛びかかってきたので、そんなことは想定していなかった俺は、その勢いにふらつく。

背中を支えたのは、アリアナのふんわりした両手である。

「これで誰がどうモテてないのよ」

耳元で囁かれた声には、ややトゲを感じた。女神も怒ったりするらしい。

「い、いや、ほら、ゼクトの一件から助けられたお礼がしたいだけじゃないかな、うん」

「どうだか。どうなの、みんな！」

アリアナが、パーティの面々に問いかける。

彼女たちは、一瞬それぞれ顔を見合わせた。それから、素晴らしく統率の取れたお辞儀をしてみせる。

「「「「「ありがとうございましたっ！」」」」」

五つの思いが一つになった、こちらの心まで透き通っていきそうなほど気持ちのいいお礼の言葉をくれた。それは、ゼクトのよこしまな企みとは正反対の清らかさだった。

やはり、自分の行動は間違っていなかったなと俺は確信を深める。それから、モテるモテないについても、こちらの見解が正しそうだ。

「な？　お礼だけだっただろ」

俺がそう言うと、アリアナは、「どうなの？」と再びライラたちに直球で投げかけた。

ライラたち一行はその言葉に口々に反応する。

「できたらタイラーさんともっと仲良くなりたいなぁ、って思います……あ！　言っちゃった」

「ずるい！　そんなの、うちやって！　あの、これ、うちの家の住所書いてあるんですけど、受け取ってください」

その光景を見て、アリアナの目がじとーっとしたものになった。

「お礼に今度、寝屋にお邪魔しよっかなぁ。猫のあの娘に似せて、猫耳と尻尾つけて、顔の上に乗ってあげる」

ライラが谷間をぎゅっと深めて、悩殺しようとする仕草でこう言うと、ついにアリアナも女子たちの争いに参戦してしまった。

「わ、わ、わ、私が先客だもん！　もう一緒に寝た仲だもん！」

絶叫が響き渡り、その場がしんと一瞬静まり返る。続けて、場の雰囲気が瞬く間に変わっていく。

俺は慌てて声をあげた。

「誤解されるからっ！」

「でも寝たもんっ！　泥棒猫もエチカちゃんも一緒だったけど、寝たもん！」

駄々っ子アリアナちゃん、爆誕。先ほどまでの包容力ある女神様の面影はなくなっていた。

まぁ、この振れ幅の広さも、彼女の魅力の一つだ。

ほっこりしかけた俺だったが、辺りを見回して様子がおかしいことに気づく。

「ってか、目立ちすぎたな……」

周囲から白い目を向けられ、少し反省する。

騒ぎがようやく落ち着いたのは、館内で俺たちの名前が呼ばれてからだった。

そうして入れ替え戦は進み――

「中級一位、タイラー・ソリス様、アリアナ・ベネット様、完全優勝ですっ！」

五戦全勝、うち一戦は、なんと恐れをなした相手の棄権による不戦勝。

獲得点数も取りこぼしなしの満点だった。

ちなみに、総戦闘時間十分未満というのは、ぶっちぎりの新記録だったらしい。


上級ギルドへの昇格戦での優勝という誉れある結果を俺、タイラーとアリアナは成し遂げた。

その報酬は昇格だけに留まらず、驚くほどに手厚く豪勢だった。

優勝賞金の二百万ペルに始まり、上級ギルド昇格に伴う準備金として、さらに五十万ペルなど多額のお金が授与される。

そしてなんと言っても――

「優勝者様へは、ミネイシティの役場から、六部屋二階建ての新築一戸建てが提供されます」

「……はい？　もう一回聞いてもいいですか」

「アリアナ・ベネット様。何度お聞きになるのですか。ですから新しい家をお渡しします」

アリアナが尋ねるのは、今ので三度目だった。説明するギルド職員も、もはや言葉を省略しまくっている。

だが、俺は彼女の気持ちがよく理解できた。青果店でリンゴをおまけしてもらうのとは訳が違う。

なおもどういうことか、と食い下がろうとするアリアナに、根負けしたギルド職員が細かい事情を説明してくれた。

　家を貰えると聞いて喜びこそすれ、ここまで細かく聞いてくる人間はいなかったのだろう。

「上級ギルド昇格試験を全勝通過したパーティは将来有望ですから、ぜひともミネイシティに腰を据えて、ダンジョンに臨んでいただきたい、という上のお考えです。簡単に言えば、補助制度の一つだと思っていただければ」

　理屈は分かってきたが、いまだに実感が追いついてこない。

　俺の頭の中で家といえば、今住んでいる木造で築年数もかなり経ったボロ屋である。

　それが、この都会で新築二階建て、と言われても、具体的な生活のイメージすら湧かない。

　しかし、ギルド側もこれ以上説明のしようがないのか、最後にこうまとめた。

「とにかく、もう所有権はあなたたちのものです。使うか売るか貸すか、その辺りはお二人の自由ですので」

　俺とアリアナは、その一言を最後に、ギルドからまるで迷惑者かのように帰される。

　おいおい、仮にも優勝パーティだぞ？　……なんて威張り散らすつもりは毛頭ないが、それにしても杓子定規（しゃくしじょうぎ）な対応である。

　のそのそと歩く姿は、はたから見れば優勝した二人とは思われない雰囲気だろう。

　そう思いながらギルドを出たところ、五人分の祝福と、紙吹雪の嵐に襲われた。

「優勝おめでとう、お二人さん！」

「うおっ⁉」

「わ！　な、な、な、なに⁉」

俺たちは素っ頓狂な声をあげてしまう。

頭に載った紙を払っていると、ライラたちはしてやったり、とばかりに満面の笑みを見せていた。

「どう？　驚いたでしょ」

彼女は俺にも、アリアナにも投げキッスを放り投げた。ぽっと反射的に頬が熱くなる。

アリアナもアリアナで、ひどく顔が赤かった。自慢の蜜柑色の髪を指でいじって、どうにか誤魔化している。彼女もたまに大胆な行動を取るのだけれど、どうやら人からされるのには、耐性がないらしい。

「ほら、祝賀会よ。変に暗い顔してないで、とりあえず楽しみましょ。二人とも、ほらこっち！場所は押さえておいたから！」

いたいけな十七歳である俺たちの腕をさらって、ライラは多くの人が行き交う街の方へ駆け出す。

二人だったのが、一気に大所帯になった。

アリアナと、まったくしょうがないな、と目配せで語り合う。

そこらの酒場よりも賑やかなライラたちの雰囲気にあてられ、俺たちは一旦、家の件は忘れることにした。

「よし、今夜はひとまず楽しむことにしようか」

「えぇ、そうねっ！」

そこからは、てんやわんやの打ち上げになる。

サンタナ王国では、お酒を飲めるのは十八からだ。一つ年上だったらしいライラは、ワインにビール、と次々呷(あお)っていく。

「ほんとレベルが違ったわ。タイラーさんたちがライバルなんておこがましかったなぁ～」

「そんなことないよ。ライラたちも昇格したじゃないか」

「ギリギリねー、それもあれよ、タイラーさんのおかげで、サカキたちのパーティが弱ってたから。あの人たち、私たちとの戦いの後は持ち直してたもの。そんな意味でも助けられたわ」

「結果は一緒だよ、昇格は昇格だ」

「やぁだ、嬉しい～。タイラーさんと一緒なんて」

ライラは俺の肩に手を回し、加減なくバンバンと叩いてきたり、しまいには自身のシャツのボタンを上から外したりする。

「あっつ～い！　脱がせてぇ……ほんと、もう無理無理～、白ワイン頭からかぶりたい。誰か～、はやく～」

パーティメンバーが手早くボタンを留め直していたあたり、酒乱の常習者なのかもしれない。

挙句は、俺の膝へ転がり込んできた。

お酒～と呟いて、顔を俯けると、にゃむにゃむ、とよだれを垂らす。吐くかと心配になったが、そのまま眠りに落ちたらしい。

普段なら、アリアナの「なんなのぉぉぉ～」が見舞われるところだが、あまりの乱れっぷりに彼女も圧倒されていた。

「私、お酒には気をつけるわ……」

　未来に向けて、一つ学びを得たようだった。


　楽しい時間は、過ぎ去るのも早い。気づけば夜が近づいていたので、打ち上げはお開きになった。

トバタウンまではそれなりにかかるし、帰る頃には夜になる。

　夜道を女子だけで、それも脱ぎたがりの泥酔者を抱えて歩くのは危ない。ライラたちとともに、
トバタウンへ帰ってきた。

「ねえ、話があるの」

　アリアナがこう口にしたのは、ライラたちと別れ二人きりになってからだった。眉がきゅっと真ん中に寄り、真剣な表情になっている。

　なんの話かは想像がついたので、俺はひとまず家へ招待することにした。

　眠そうにしてはいたが、エチカも招集する。そして三人でテーブルを囲んだ。

　ただならぬ雰囲気を感じ取ったのだろう。ごくりと息を呑む妹に、まず賞品のことを説明すると、庶民としては至極当たり前の発言をする。

「……お家って貰えるものなの？」

　そして、そのまま魂が抜けたようにポカンとした表情になった。

　まぁ無理もない。むしろ、これが一般的な正しい反応であるべきだ。とりあえず、そっとしてお

いてやることとする。

「家って簡単に誰かにあげることもできないわよね」

「分かってる。でも売るったって、買ってくれる人が見つからないかもしれない」

「……そうよね。ましてや貸すなんて、そんな面倒なのはもっと無理よ。借家代とか全然分かんないし」

その辺は正直俺もよく分かっていない。アリアナに同意するように、首を縦に振る。

それからもアリアナとの議論は平行線を辿った。というより、アリアナは一つの結論をあえて避けているように思える。

自分から言い出すと、わがままに見えるかもなどと考えているのかもしれない。

最後のところで引くのは、いつもの彼女だ。

それならば、道を決めるのも男の役割だろう。

「なぁアリアナ、これは俺の勝手な意志なんだけどさ」

「なによ、タイラー」

「ミネイシティに引っ越さないか？　その、三人で。ほら、これからはあそこのギルドに通うことになるだろ？　それにあの街は治安もいいと思うんだ」

エチカの体調も、親父が生きていた頃に比べれば随分とよくなった。この調子なら、引っ越しぐらいであれば、大きな負荷にはならないだろう。

「……そ、そ、それって、つ、つまり!?」

「あー、その、なんだ。一緒に――」

「一緒に住みたい！　私、この街を出て、タイラーと暮らしたい！」

……どうやら、また我慢しきれなかったようだ。最後まで言わせてくれない。

アリアナは席から立ち上がり、両手で勢いよく机を叩く。

そして、今度はその両手を胸元で合わせ鏡のように握り合わせ、桜色の頬で妄想を展開しだした。

「タイラーと駆け落ち！　きゃっきゃうふふの新婚生活……！」

アリアナはすでに小躍りを決めている。あれ？　お酒飲んだ？　と思うほどであった。

駆け落ちじゃないし、新婚でもない。

アリアナは大賛成として、今度はエチカに意見を聞く。

「私もお兄ちゃんがいるところなら、どこでもいいよ」

うん、こちらも問題なさそうだ。

俺はその時、方向性を決めかけて、最後の最後、もう一人だけ意志を確かめるべき子を思い出し、早速召喚した。

呼ばれて飛び出たキューちゃんにも、事情を伝える。

精霊獣とはいえ、仲間であることには違いないのだ。ちゃんと事前に確認しておきたかった。

キューちゃんは俺の膝上で丸まり、尻尾をちぎれそうなほど振る。微妙に顎に届くリーチの長さだ。少しこそばゆい。

「ボクはご主人様の行くところなら、どこへでもついて行きますよ！」

キューちゃんは迷いもなかった。嬉しくなって、ついつい強く撫でると――

「ご主人様、興奮しすぎです。触ってくれるのは、いいご褒美ですけど」

猫様に、前足でげしげし小突かれ、諭されてしまった。少し痛くしてしまったらしい。

しかし、それでも湧き上がるものはどうしてもある。

信頼できる仲間たちと、次の街へ。俺は新たなる冒険が始まる予感に、胸の高鳴りを感じる。

「ありがとう、みんな」

溢れ出したのは、感謝の気持ちだった。彼女たちが俺を支え、励ましてくれたから、こんな日を迎えることができたのだ。

三人の顔がふっと綻ぶ。絆が生まれた瞬間であった。

これからも、彼女たちとならどこへでもいける気がする。

「海でも山でも、えっち～なお泊まり屋でも、ボクはお供しますよっ」

だが、キューちゃんのこの一言で、絆に亀裂が入った音がした。

キューちゃんは、同じ髪色のあざとい女の子の姿へ変化し、アリアナと揉めはじめる。いつものパターンであった。

「ねぇお兄ちゃん。本当は仲いいよね、この二人」

「まぁたしかにここまでくればな。喧嘩するもなんとやら？」

家ならば恥ずかしくもないし、むしろ微笑ましい。俺は、小さな争いを見つめる。

それから、テーブルの下、ひっそり拳を握り込んだ。その指には、誕生日にアリアナがくれた指輪がきらんと光る。

二週間前の、ここでの決意がありありと思い出された。ゼクトに捨てられ、能力が覚醒したあの日。

エチカの体調をよくする薬草であるハオマを採取するためにも、親父を超えるためにも、俺は絶対に超上級ダンジョンまで駆け上がる。そしていずれは親父の死の理由も突き止めてやる。

そんな目標を定めたのだ。

今日、中級ギルドから上級ギルドへ昇格したことは、その目標へ確実に近づく一歩となった。

これからも上へ。もちろん仲間とともに。俺は改めて、自分に誓いを立てた。

◇◆◇◆◇

虫が寂しく鳴く声が響きわたる、五月の夜。ゼクトは、拘置所の暗く冷たい扉の向こうで、目を覚ました。

上級ギルド昇格戦で圧倒的な記録を残し、栄光への階段を駆け上りはじめたあのタイラーを、数週間前にパーティから追放した男だ。

壁にもたれかかって、座らされたままの状態から体勢を変えようと、冷たい地面に手首をつく。

その手首に痺れるように走った痛みが、数時間前の出来事を彼に思い出させた。

「なぜ私が……」

うまくいくはずの計画だったし、途中までの首尾はよかった。

女冒険者二人を襲い、捕らえる。相手の実力もそれなりにあると知っていたから、反抗されぬよう罠にかけて、縄で縛った。そして、人気のない倉庫街へと連れ去る。

一晩、女たちが泣き喚くのを舐めるように眺めて、彼女らを助けにやってくるだろうタイラーを待つ。

そこまでは順調だった。昇格戦の前日から実行することも含めて、だ。

だが、タイラーごとき捻り潰せるという考えが、失態を招いた。

ゼクトは自分の実力を盲信し、そう考えたのだが、結果はあえて言うまでもない。

あの無能だったはずのタイラーに、リーダーとして彼を従えていたはずの自分が、手も足も出なかった。その屈辱は、彼には計り知れないものがあった。

それだけではない。あの、黒い魔法だ。

それからのことは思い出すだけで、ゼクトの身体に悪寒が走る。

本当の悪夢であった。暗闇に閉じ込められて、外側から聞こえる誰とも知らぬものたちによる怨嗟の声を聞き続けるのだ。

ゼクトはその声を振り払わんと、ちくしょう、ちくしょう、とか細い声をあげる。本当は物に当たりたいところだった。

だが彼の手首は、光属性の召喚精霊獣により最低限の治療が施されているだけで痛みは残っている。地面さえ叩けない。

ゼクトはやがて脱力し、くすんだ天井を見上げた。

ははは、となんだか笑えてきた。その笑いは、虚無そのものだった。虫よりも悲しく、また無意味だった。

ただ、それがゼクトには、少し平常心を取り戻させる効果があった。

「くそ、私は許しませんよ……」

そのチンケな復讐心にまた火が灯る。

しかし彼は知らない。彼がそんな悪事をたくらめることすら、タイラーの情けによるところだということを。彼の命を奪わなかったのは、他ならぬタイラーなのだ。

「はは、絶対にタライの奴を葬って……」

そう笑い声をあげた途端、横の壁が、向こう側からどんどんと叩かれる。

「うるせぇから黙れ！」

野蛮な声で注意が飛んで、ゼクトは押し黙らざるを得なかった。

そのうち、また意識を失う。

負けたことへの苛立ち、闇魔法の効果、置かれた環境。

それら全てが仇をなした、精神疲労によるものだった。

このまま暗い塀の奥に閉じ込められ続ける。そして数年は地獄の環境での生活を強いられる。ゼクト本人すら、そう思っていたのだが……

翌朝。

「お前、出て行ってもいいぞ」

拘置所の警備員は彼にこう告げた。

「本当にいいのですか⁉」

「あぁ、この拘置所は中央の警備隊みたいに、真面目じゃねぇんだ。それにお前、うるさいって苦情が入ってるから」

警備員は酒に酔っているようだった。つらつらと語る。

「それによ、俺は裏で運び屋やってんだ。ミネイシティからトバタウンまで、貴族様の指図で荷物だとか薬だとか密輸してる。危ない方の、な。要は、お前と同じ違反者なんだよ。ま、この国が腐っててよかったな」

どうやらこの拘置所は、もはや国の管理が行き届いていないらしい。予期せず転がり込んできた幸運に、ゼクトが顔のにやけを止められずにいると、とある会話が耳に飛び込んできた。

「上級ギルド昇格試験の話聞いたか。あのランティスの息子が新記録叩き出したそうだな」

「聞いたぜ、それよぉ。まったく同じ道を辿ってやがるな。面白くねえ話だけどよ」

警備員たちの、こんな世間話だった。

まさか、あの状況から試合に間に合っていただなんて……とゼクトは歯噛みをする。

だがある事実に気づいた時、彼は迷わず土下座をしていた。

タイラーたちが上級ギルドへ昇格するということは、すなわち今後ミネイシティに行くことが増えるだろう。であるなら、同じくミネイシティ近辺を拠点とする業者の味方につけば、復讐の機会が舞い込んでくるかもしれない。

一縷の望みが見えて、必死で願い出る。

「頼む、いや、どうぞお頼み申し上げます。私を雇ってください！」

悪徳警備員は、酒のおかげか、すこぶる機嫌がよかった。あおっていた酒をゼクトの頭に垂らす。

それでも顔を上げないゼクトを見て、悪徳警備員はその肩を叩いた。

「悪くない根性だ。それに若い……まぁ、労働力にはいいか。せいぜいこき使ってやるよ」

「ありがとうございます！」

ここで働きながらタイラーたちに仕返しする準備を進めよう、そう考えるゼクトだったが、彼には一つ誤算があった。

タイラーがゼクトにかけた闇魔法、ナイトメアの力のことだ。

人に危害を加えようとすると、恐ろしい幻想に囚われるようタイラーは仕掛けていた。

復讐など、もってのほかである。

しかし、それに気づかないゼクトは、地面に頭をこすったまま密かに笑みを浮かべたのだった。

三章　新たな旅立ちは波乱とともに

月初に芽吹いた若葉が、その葉脈を広げる中旬。上級ギルドへ昇格した数週間後のこと。

俺たちは、旅立ちの朝を迎えていた。

すでに荷物は、運搬業者を利用して運び出してある。

エチカと二人、玄関から家の中を振り返る。室内はがらんとしていて、傷んだ板間が残るのみだ。

たしか親父に剣術を習った時に、擦ってしまったのだったっけ。

「なんかちょっと寂しいね、お兄ちゃん」

「……そうだな」

エチカの言葉に、少し胸の奥が熱くなる。

惜しみたい気持ちに、ならなくもなかった。

今は亡き両親と過ごしたのも、この家である。ここを出るとなると、両親と過ごした日々がより遠くに行ってしまうような感覚に陥る。

だが、過去に縛られてばかりでもいけない。

たぶん両親もそれを望まないだろう。ここにいたなら、きっと俺の背中を押してくれる。

いつか胸を張って、ここで生まれ育ったと言えるよう、街を出るのだ。

それに、思い出そのものが消えるわけじゃない。

「そろそろ行こうか、エチカ」

「うん。もう時間だもんね」

目を赤くしているエチカのクリーム色の髪を、くしゃっと撫でてやってから、玄関を出る。

すぐのところに、アリアナが待ち受けていた。

彼女は彼女で、両親に別れを告げてきたのだろう。涙の跡が、頬に一筋走っている。

だが、その顔に浮かぶのは、あくまで会心の笑みだ。

「さっ、行くわよっ。二人とも！」

強がりだろうとは、指摘しないでおいた。

旅立ちとは、往々にしてそういうものだから。

それに、不安ばかりではない。希望にだって満ちている。

俺たちは名残惜しさを味わいつつも、トバタウンを出発し、徒歩でミネイシティを目指す。

「私、久しぶりに外歩いてみたい」

初めは馬車を使う予定だったのだが、そんなエチカの言葉を聞き、結局はとりやめた。

キューちゃんの治療以来、身体の具合が少しよくなっているらしく、自分の調子を確かめたいのだそうだ。

「でも無理するなよな、エチカ」

「そうよ、エチカちゃん。辛かったら言ってね！」

「うん、ありがとう、二人とも。でも頑張れそうだよ、キューちゃんさんのおかげ！」

「ちゃん、さんって一緒に使うものなのかよ」

俺とアリアナで、エチカを挟むようにしてゆったりと進んでいく。

トバタウンを抜けると、やや山あいに入る。

ここを越えたところにミネイシティはあるが、しばらく上りの蛇行(だこう)した道が続く。

虫はいないか、獣が潜んでいないか。

やっぱり不安なのが兄としての本音だが、エチカは実に楽しそうだった。

「お兄ちゃん！　見て、紫(むらさき)のお花！」

群生するアヤメを指差し、屈託(くったく)なく笑う。

珍しい花でもないのだが、彼女にとっては全てが目新しいのだ。

近所で同年代の集まりなどが開かれていても、エチカは休み休み通っていたので、外に出る機会は限られていたからな。

もし途中で悪くなるようなら、キューちゃんだっている。どんな治癒師に見てもらっても、快方に向かわなかった昔とは違い、態勢は万全だ。

……まぁこんな山道の途中で、あの過激な施術をやっていいのか、という倫理面の話は置いておくとして。

俺とアリアナは、はしゃぐエチカの一挙一動をほっこりしながら眺めていた。

「元気そうで、とりあえず安心ね？」

「……だな。むしろ俺たちより元気かも」

「年寄りみたいなこと言ってないで、タイラーも行くよー」

アリアナは小躍りするようにターンを決めて、俺の背後へと回る。

振り返ると、いたずら心をたっぷり含ませた笑顔で肩口をぐいぐい押してくる。

そうして進むうちに、無事、山道の中では一番高い地点が見えてきた。

先に上りきったエチカが、うわぁ、と声を漏らして足を止める。

「綺麗よね、ここは」

「あぁ。この間は昇格戦の前だったから、落ち着いて見られなかったけど、壮観だな」

道から少し張り出したこの場所からは、ミネイシティが一望でき、その先には燦然と日を照り返す海が見えるという景色が一望できるのだ。

これからの自分たちの拠点となる街だ。もう少し目に焼きつけておいてもいいかもしれない。

そう思った矢先のことだった。

「きゃあぁ、誰か！　誰かいませんのぉ！　誰か！」

山の静寂を打ち破るように、突然の悲鳴が耳に届いた。こだまが跳ね返ってくる。

ちょうど今上ってきた、山道の中腹辺りからのようだ。

「な、なにがあったのかな、お兄ちゃん、アリアナさん」

はしっと俺たちの裾を掴んで不安がるエチカを、俺は「大丈夫だ」となだめた。

俺は何が起きたかを確かめるため、声のする方へ向かうことにした。

「アリアナ、エチカ頼んでいいか？」

「うん、もちろん！　それより早く行ってあげて」

俺は、風魔法の神速を利用し、坂を一気に駆け下りる。

「ガルルゥ……！」

そこでは、やや古ぼけた風の馬車に、モンスターが三体も襲いかかっていた。

イルマバードと呼ばれる身体の大きな怪鳥である。ミネイシティの上級ダンジョン内に生息するとされるモンスターだ。

火などは噴かないが、その打撃は強烈で、骨を折るのもたやすいとか。

俺は少し面食らった。

普通、モンスターはダンジョン内にしか生息しない。外界で相対するのは初めての経験だった。

イルマバードの大きなかぎ爪が、馬車の表面を至る所から引っ掻く。鉄でできた骨組みが無惨にもひん曲がる。

もしかしてダンジョンから脱走したのだろうか……

「サクラ、あなたどうにかできませんの！」

「マリア様、大変申し訳ありませんが、私の魔法は大した威力がないのです」

「知ってますのよ、そんなことは。そのうえで、どうにかなりませんの！」

「まさか馬車の御者（ぎょしゃ）が逃げ出すとは考えていませんでしたので……どうにもなりませんね」

馬車の中では、女の子二人が、言い争っているようだった。どうやら主従関係にあるらしい。

若干緊張感が噛み合っていないような気もするが。サクラって人、なんかむしろ余裕感すらない？

とにかく、と俺は刀の鞘を掴む。

魔力が刀へ伝わると、刀身が少し震えだした。

それが収まった瞬間こそ、全てが研ぎ澄まされ、威力のもっとも高まる一瞬だ。見逃さずに、そこを捉える。

俺は剣を抜き――

「エレクトリックフラッシュ！」

ワイバーンを討伐した時と同じ雷属性の魔法を繰り出した。

命中したイルマバード三体が、苦しげな叫び声をあげる。

瞬きをする間に、体表のほとんどが炭化した三体は墜落し、山肌を仲良く転げ落ちていく。いつかは土へと還るだろう。

……しかしまぁ、とんでもない威力だ。まだ自分でも違和感がある。

複数の敵と対するのだから苦戦する可能性も考えたが、むしろ余力たっぷりであった。

「あの、ご無事ですか」

俺はそう呼びかけながら、馬車の中を覗き込む。

中にいたのは、身を寄せ合う二人の少女だ。

どちらも灰色のローブに身を包んでいる。頭を覆うように被ったフードもお揃いのようだ。服にほつれはあれど、怪我はない。

「あの、モンスターなら退治しましたよ」

もう一度声をかけると、少女らがこちらを振り向く。

「あぁサクラ。わたくし、ついに妄想が見えるようになったんですわ、たぶん」

「はい。私にも見えているようです」

「……こんなに都合よく助けてもらえますの？　それも、見目麗しい殿方ですわ」

「あまり考えにくいと思われます。ですから十中八九はマリア様のたくましい妄想の結晶かと」

いや、妄想じゃないんだけど。

俺は首を横に振りながら、二人の様子を見る。

フードの奥から金色の巻き髪がのぞく少女と、小さな背をした短い黒髪の少女。

みすぼらしい格好だったが、言葉遣いといい、二人から漂う気品といい、どうしても貧民という風には見えなかった。

なにやら、事情がありそうな匂いのする二人組だった。

なぜそんな格好なのか。どこを目指していたのか。そもそも何者？

疑問は尽きなかったが、あくまで通りすがったに過ぎない。他人の事情に、むやみやたらに踏み込むものでもなかろう。

「……どうやら本当に助かったようでございます、マリア様」

「そのようですわね……ということはこの殿方も本物ですの!?」

ようやく俺が幻覚でないと分かったらしい。

「とにかくもう安全ですよ」

俺は二人に笑顔でそう言って、馬車の入り口にある幕を下ろした。

「……痛み入りますわ」

「……ありがとうございます」

反射的に飛び出たのだろう感謝の言葉を聞きつつ、馬車の外観を確認した。

荷台の破損は最小限で済んでいたようだ。馬自体もピンピンとしていて、退屈そうに前足で地面をかいている。

たしか「御者が逃げた」と言っていたが、二人いるならば、どちらかが引けばいい話だ。御者なら、女性でも問題なく務められよう。

「では、お気をつけて！」

俺は最後にそう言い残して、神速を使わんと腰を落とす。

アリアナとエチカが待っている。のんびりはしていられない……のだが。

「ところで馬を引いたことはありますの、サクラ」

「いえ、私は内勤ですので。テーブルクロスならば引いたことはありますが。特技ですので」

「知ってますのよ、そんなことは」

不穏なやり取りが聞こえてきて、意識が削がれる。

「先ほどの殿方に頼むのはどうでしょう。まず敵意をなすものではないと思われますし」

「名案ですわ！　さすがサクラですの」

俺は、たまらず振り向いていた。馬車から顔を出すようにして、二つの頭がこちらを覗いている。

フードを被っているせいか、なんだか団子みたいだ。

「少々お話をさせていただきたいのですが、旅のお人」

二人は、馬車から山道へ降り立った。

「私、サクラと申します。苗字など、名前以外は大変恐縮ながら申し上げられませんが、この方の使用人をしております」

フードを取りサクラと名乗ったのは、背丈の低い女性だ。同年代のようだが、やや落ち着きがあるように見えるから、少し年上だろうか。

前髪が眉上で揃えられた黒髪のショートヘアが、凛として、涼やかさを感じさせる。

鬱蒼（うっそう）としげり雄々（おお）しさを感じさせるこの山には、まぁなんとも似合わない顔をしていた。

「わたくし、マリアと言いますわ。えっとまぁ、サクラの主人といったところですの」

それが、より顕著（けんちょ）なのは、マリアというらしい少女だ。

フードを被ったままだったが、その隙間から見えるのは、縦にくるりと巻いたブロンドの髪。

ローブの裾をつまみあげる仕草といい、覗いた太ももといい、山よりはお屋敷の中の方がよく似合う。ゆらりとたっぷりに蓄えた胸に、思わず気を取られる。

そして、その美しい見た目よりも、纏っている異質なほどの優雅さが気になった。上から下まで、彼女の身体に視線を一、二と往復させてしまう。

「……俺は、えっと、タイラー・ソリスです」

三拍子ほど遅れてから挨拶をした。

明らかに見過ぎだった。こんな機会はないだろうから、心ゆくまで凝視してやろうとか、そんな変態じみた思考をねちねち練っていたわけじゃないよ？

俺が弁明をする前に、マリアは名前を聞いてはっとしたらしい。

「もしかして、あのランティス様のご子息ですの⁉」

やたら長く、輝くほど白い足でこちらへ迫ってきた。

「えっと、そうですけど」

「こんなところで会えるなんて光栄ですわ。いえ、運命に違いありませんの」

距離感がちょっとズレた子らしい。

鼻が触れそうな距離で、俺の目を見つめてくる。

どきん、とするのは言わずもがなだ。宝石よりよっぽど透き通った碧眼が、整った顔立ちの中にはめ込まれている。

まったく穢れを感じない。浮世離れしているとでも言おうか。

「ソリス様。どうにか、わたくしたちをお助けくださいません？」

「えっと？　馬車を引け、と？」

「いえ、そんなことは小さな話ですわ。わたくしたち、実は行くあてもないんです。さまよう旅をしてますの。ひたすら、この先、延々」

断られるなど、きっと微塵も思っていないだろう目だった。

「マリア様、そこまでのことを頼むのは」

「いいえ、こんな滅多な機会ありませんもの！　とにかく言わせてくださいまし」

サクラが止めに入るが、マリアはなおも訴える。

「事情は人目のないところで説明いたします。ですから、どうぞ、わたくしのお話を聞いてくださいまし」

そのあまりのまっすぐさに、俺がたじろいでいたら、後ろから、山を切り裂くような叫び声がする。

まさか、またモンスターが——

「な、な、な、な、なぁぁぁぁ～！」

違いました。

むしろ、俺的にはもっとも意識すべき相手である少女。もはや言葉になっていない、アリアナの声だった。俺の様子を、エチカとともに見に来たらしい。


——結局、放ってはおけなかった。

「なんでタイラーはいつもいつもいつも……！」

アリアナはずっと不満げに口を尖らせてはいたが、二人を連れて行くことを認めてくれる。

なぜか馬車と馬はその場に置いていくとマリアが言うので、そこから歩くこと一時間弱、ミネイシティにたどり着く。お待ちかねの新居へ。

転居の手続きなどを行うために下見をしていたとはいえ、そう何回も訪れたわけではない。エチカにいたっては、初めてだ。

そんな、どきどきの入居初日。

まさか出会ったばかりの客を連れてこようなど、思いもしなかった。

それも、なにやら訳ありそうな二人だ。

まだ家具は、一切合切、箱に詰めたままであった。

仮の処置として、テーブルセットだけを取り出して、話を聞くために席を設ける。

身分が分からないからどんなお茶請けを出したものかと迷ったが、とりあえず紅茶を淹れてみた。

安物ですけど、と前置いてだ。

そのティーカップを、いかにも優雅そうに二本の指で摘み上げたのは、サクラ。毒味のつもりか少しだけ口に含めて、ソーサーに戻す。

「絶対に口を割らないとお約束いただけますか」

そして、そう前置きした。

俺たちを見定めるように、こちらへ視線を送る。

まったく動揺のない綺麗すぎる黒目の中に、少し怖じ気づいたような俺の顔が映った。アリアナも、膝に手を置いてぴんと肘を張っている。

「ソリス様を疑うような真似はやめなさい、サクラ。ランティス様のご子息ですし、わたくしたちを助けてくれたのですわよ」

　しかしマリアがこう制すると、サクラは目を閉じた。

「戸締まりなどは問題ないですか」

「あぁ、大丈夫だ」

「……では信じることといたします。ご無礼、大変失礼しました」

　サクラは数秒、頭を下げ続ける。次に発された言葉に俺は度肝を抜かれた。

「単刀直入に申し上げます。マリア様は、このサンタナ王国の王女様でございます」

　俺たちのいるサンタナ王国を統治しているのは、名の通り、サンタナ家。現在の王には跡取りがいないうえ、体調が思わしくないらしい。

　それぐらいのことは風聞により知っていたが……

「そんなわけないじゃない。あははっ、冗談やめてよね！」

　少し間があって、アリアナがこう笑い飛ばしても、サクラは真剣な顔を崩さない。

「本当なのです」

　元々、あまり感情を表に出す方ではないのだろうが、その目からは岩のように固い意志が感じられた。

　アリアナとは対照的に俺は戸惑っていたが、どこか本能的に、嘘偽りのない事実なのだと確信していた。

　それならば、彼女らの纏う一般人離れした空気感の理由にもなる。

だが、さすがにその言葉だけで受け入れるわけにもいかない。

「証拠はあるのか？　あ、えっと、あられるんですか。たしか紋章（もんしょう）があるんじゃ」

過去に本で読んだことがあったのだ。サンタナ王国の血筋の者は、王家の証が身体のどこかに刻まれる、と。

「畏（かしこ）まらなくてもいいですわよ、ソリス様。それなら、たしかにありますわ」

「……じゃあ、それ見せてよ。あ、いや、えっと」

「アリアナ様も、わたくしに敬語を使っていただく必要はございませんわ」

優しい微笑みとともに首を横に振ったマリアは、おもむろにテーブルに手をつくと、席を立って、開けたところまで少し歩く。

王女と聞いた途端、それだけの動きも洗練されたものに見えた。新築の板間に、まるで深紅のカーペットが敷かれたかのように、錯覚してしまう。

「マリア様、お待ちください。殿方の前では……！」

サクラは、そんなマリアの後を追ってすぐに立ち上がるが、「問題ないわ。わたくしも、もう十七ですもの」の一言で動きを止められていた。

マリアは少しだけ頬を朱に染めていた。肩幅をきゅっと縮めて、くねくねと上半身を揺らす。

「わたくしの紋章は、ここにございますの」

元々幅広だった服がまず右肩から落ちた。あまりに無垢（むく）な白さがまず片方、あらわになった。

「お、おい！」

「仕方ありませんの。紋章ができる場所は、人によってバラバラ。わたくしのは、その、服の中に発現してしまったんですもの」

まさか、そういうこと？

隠さなければならない、乙女な危険区域にあるとはつゆも思わなかった。

「み、見ちゃだめよ、タイラー！」

後ろから、アリアナが俺の目元を覆う。

自分の胸がぴったり背中にくっついてるのも気にしてほしいんだが……？　しかし、彼女は俺から離れてくれない。

「見なくては分からなくてよ。手をのけてくださいな」

マリアは、アリアナに一切の揺らぎもない声で促す。

それに圧倒されたのか、強く結ばれていた指が少し緩んだ。

その隙間から見えたのは、あまりにつややかで、彫刻のような見事な身体だった。自分を抱くように胸元を隠す彼女の指が沈み込んで、その白肌の弾力のほどを教えてくれる。

「や、やっぱり少し恥ずかしいですわ。殿方にお見せするのは初めてですの。でも大丈夫ですわ。か、肝心なところは見えてませんもの！」

マリアは俯けた顔を、巻き髪で覆う。耳も、首元も薔薇(ばら)色に染まっていた。

……ちなみに見えていないのは、肝心なとこだけなんだけど!?

俺は「早く戻してくれ」と口にしかけるが、白く大きな乳房よりも下部に紋章があるのを見つけ、言葉を失う。

噂に聞いていた、八重の花。まさしく工家の紋章だった。

「わ、わ、わ、私だって、脱ぐくらい、変なところに紋つけるくらい、できるんだからぁ～!!」

俺の代わりに、アリアナが新居に声を響き渡らせていた。

かつ、俺の目がぎゅむっと押さえられる。

痛い、痛いよ!? 視界が白んでるから！

静かに、とサクラが咎めるが、それでやめてくれれば苦労はない。

たしか防音機能に優れているそうだから、近隣に聞こえないことが、唯一の救いだった。新居万歳！

「あら。アリアナ様も紋章をつけられますの？」

「や、や、やってやるうう～！　それくらいできるもん！」

もちろん、やめさせた。

「アリアナさん、落ち着いて。紅茶こぼれるよ」

この時ばかりは、普段妹扱いされているエチカの方が大人に見えた。

ややあって、話の席へ再び戻る。

物証があっては信じざるを得ない。この目の前にいる金髪縦髪の美人が、王女マリア様であることは間違いないらしい。

「でも、そのマリア様がどうして、そんな格好で？」

問題は、その理由である。

マリアは自分では答えたくないようで、顔をしかめたので、俺は従者たるサクラに目線を移した。

「マリア様は、失脚されたのです」

それを受けて、サクラがこう答えた。

「難しい話なので、簡単にお話しいたします。今、サンタナ王国は政変を迎えているのです。原因は、現国王様に、男の跡取りがいないこと。実質的な権限がほとんどないこと――」

サクラの口から、流れるように王家の事情が紡がれる。

全然簡単ではなかった。エチカなどは完全にぽかーんと置いてけぼりだ。

要約すると、次代の王の選定にあたって、有力貴族たちの間で争いが巻き起こったらしい。

長女のマリアか、腹違いの次女・ノラ王女か。散々揉め続けていた中、ノラ王女が正式な次代の王と、内々に決まった。

政変は、人事にも多大な影響を及ぼす。昇格に光あれば、失脚に闇あり。

その頃から、マリアが処刑されるという噂が、まことしやかに囁かれ出したらしい。

お付きのメイドの一人だったサクラは、こっそりと、それが事実のようだと調べ上げた。その上で、夜逃げを決行したのだそう。

「……実質的な追放ってことか」

「跡継ぎ問題を再発させないため、貴族間に禍根を残さないため……理由は立派に見えますが、簡単に言えばそうでございます」

俺と同じじゃないか。規模は大違いだが。

「そういうわけで身を隠す先を探していたのですわ。どうか、わたくしどもをお助けくださいまし」

マリアは、切実さの滲む声でそう言って、頭を下げる。

「頼むから頭を上げてくれよ」

まさか、王女に下手に出られる日が来るとは思わなかった。本来は、謁見（えっけん）という形でさえ顔を合わせることのない相手だろう。

「お助けいただけますの!?」

「いや、えっと……助けるったって、なにをすればいいんだ？」

俺がこう問い返したのに、アリアナが反応する。

「そんな大きな話、どうしようもないわよ。タイラーでも政変はさすがに」

「……そうですわよね。でしたら、しばらくここに身を置かせていただくのはいかがでしょう」

はじめに比べれば、いくらか小さな話になったが……それでもまだ、問題は山積（さんせき）している。

「でも、マリア。国から追っ手が来たりするんじゃないのか？」

「……その可能性はありますわ」

「だよな……」

そうなれば、簡単には頷（うなず）けない。

国に追われる身を匿（かくま）って、万一見つかれば、襲われる危険だってあろう。

それに、俺は常にこの家にいられるわけではない。

今日だって俺は、アリアナと上級ギルドに行く予定なのだ。パーティ登録をする必要があるから、必ず来るようギルドから指令を受けている。

例えば、そうやって留守にしている時に来られてしまったらエチカがどうなるか……おぞましい想像が浮かびかけて、俺はなんとか振り払う。一応、この家にも防御の魔法はかかってるみたいだし。

俺たちが悩んでいると、サクラがマリアに向かって言う。

「やはりそこまでの要求は過度だと思われます、マリア様」

「……そうですわね」

「そこで、ソリス様。今日一日で結構です。静かにじっと待機しておりますゆえ、ここに置いてはもらえませんか。その間に、今後のことを考えます。私たちが王城から逃げたのが二日前。脱走がバレていたとしても、まだ王城内の探索も終わっていないと思われます」

サクラの提案は、目一杯引き下がったうえでのお願いだった。

「……まぁ一日なら、いいんじゃない？」

あまりの必死さに、アリアナが俺にそう言ってくる。

できるなら力にはなりたい。でもエチカの安全も守らねばなるまい。

俺が結論を出せないでいたら、マリアは意を決したように、語気を強める。

「信用がないのであれば、わたくしを縛ってもらって結構ですの！　場所も別に屋根裏部屋でも、どこでも結構ですわよ！」

……だんだん話がとんでもなく振り切れた場所へ飛びはじめたんだが？

「えぇっと、し、縛る？　よく分からないんだけど」

「そうですわ！　緊縛（きんばく）ですわ。それがいいですわ」

困惑した俺はサクラに助けを求めようと目を向けたが、もうこうなったら、どうしようもないらしい。サクラは完全に諦め顔になっていた。

「王女たるもの、緊縛のされ方くらい心得ておりますの!!　いかようにでも縛ってくださいまし、ソリス様！」

……はい？

「ソリス様に縛られるなど、むしろ幸運ですわ。なにせ、わたくしを守ってくれた、いわば騎士様ですもの。さぁ遠慮なく腕に足に、縄を！　わたくしの自由をお奪いになって！」

「え、いや、無理だ」

興奮するマリアだったが、当然断った。

女子、それも王女様相手にそんな真似できるわけがない。もし見つかったら、不敬罪も甚（はなは）だしい。監獄行きでは済まないだろう。

「……マリア様、王族の品位を勘違いされますよ。失礼しました、お二人様。これはマリア様の個人的なご趣味ですのでお気になさらず。何度そういった趣向の本やアイテムを買いに行かされたことか……ともかく、せめて人前ではお控えください」

マリアはといえば、サクラにたしなめられていたのだった。


その後、一日くらいなら問題なかろうということで、話はとりあえず決着した。

それから俺は、エチカを含めた三人を新居に残して、アリアナと二人、ギルドへと向かった。

さっそくパーティ登録を済ませて、俺たちはギルドの依頼一覧に目を通しはじめる。

しかし、悩ましい。どれも似たり寄ったりで、かつ数も多くない。

「まさか最初の一ヶ月は難易度が低い任務しか受注できないなんてな」

上級ダンジョンでは、出現モンスターの格が中級に比べて数段上がる。そのため、昇格してきたばかりのパーティのクエスト挑戦には、制限が設けられている。

パーティ登録の際に、そう説明を受けた。

出端を挫かれた格好だ。決まりだから仕方ないとはいえ、簡単には割り切れない。

「タイラーなら、最難関でもちょちょいのちょい！　なのに」

「そこまでできるかは分からないけど……」

「できるのよ、ぜーったい！　私、嘘言わないもん。少なくとも、低階層の鉱石採取だけなんて、実力に見合ってない」

「……ありがとうな、アリアナ」

その言葉で、少し気が楽になる。

まぁ、プラスに考えるなら、楽な任務であれば早く家に帰れるのだ。

正直、置いてきた二人のことが気になりはしていた。

追っ手はまだ来ないだろう、とサクラは自信を持っていたし、その予測はたぶん正しいのだろう。防御の備えもしてきた。けれど、万が一もある。

適当な任務を選んで、初の上級ダンジョンへ繰り出す。

低階層で済む任務なので、ダンジョンの様子見ついでにもちょうどいいな、と思っていたら――えらいのに出くわしてしまった。

「クオオオオン!!」

俺の身長の五倍はあろうかというミノタウロスだ。

巨大な拳を、立ち向かうパーティへ向けて何度も振り落とす。そのたびに、地震のようにフロア全体が揺らいでいた。

すると、俺たちが近くにいることに気づいたのか、戦っていたパーティから声があがる。

「おら、お前ら! 危険だから離れとけよ! こいつは普通もっと上の階層に出るモンスターだぜ! ワイのような強者に任せとけや」

聞き覚えのある野太い声だが、この声は……

目が合うと、向こうもこちらに気づいた。

「……お、おまえ!!」

さっきの威勢は何処(どこ)へやら、男の声が震えだした。

サカキとその仲間たちである。

そういえば、こいつらも結果的に、上級に残留していたのだった。自分とライラたちの結果ばかり気にして忘れていたが。

「た、た、タイラーさん、この間は大変なご無礼を働いてしまい、すみませんした！」

なぜかモンスターを前にして、俺に恐れ慄くサカキ。

いや、なんか俺が悪者みたいに見えるから！

そもそもさっきは強気な言葉を吐いていたが、すでに満身創痍だ。道着がぼろっと破れている。

そういうデザインの可能性もなくはないけど。

「なんかすごい変わりようね」

「まったくだ。俺はモンスターじゃないっつの」

俺は左足を引き、抜刀の構えをとる。

ひぃん、と呻いたのはミノタウロスではなくサカキ。紛らわしいのでやめてほしい。

「は、はは、ははは。ミノタウロス風情が、タイラーさんの相手になるわけがありませんよ！　さくっとやっちゃってください！」

サカキよ、歳上の誇りはどこへ？

……まぁいいか。

俺は手首の返しで刀を素早く抜いた。

その際、切っ先で鞘の内側を引っ掻く。摩擦熱と火属性魔法により、刀身は青白い火を灯す。

「業火の肥やしとなれ、ブラストスラッシュ！」

燃え盛る火を揺らめかせ、俺は飛び上がった。そして一太刀。

素早く動くミノタウロスの動きを見切って叩き落としたのは、ミノタウロスのツノだ。

彼らのツノは、平衡感覚を担っている。

削いでしまえば、のたうちまわるしかできなくなるのだ。

そうして隙だらけのミノタウロスを、斬りながら焼いていく。

「さっすがタイラー！　あと、やっぱり詠唱かっこいい」

「……俺は恥ずかしいよ」

アリアナは俺の陳情を思いっきり流して、嬉しそうに手を挙げる。可愛いなと思いつつ、俺はそれに応えてハイタッチする。

残りは後片づけのようなもの。またしても消防隊アリアナの出動だ。

燃え広がらないように処理をして終わりである。

「さすが、タイラーさん！　このサカキ、先日一戦を交えられたこと生涯の思い出にいたします！」

続けて、「手伝います！」と言って、断っても聞かないサカキらの手も借り、鉱石採取を終える。

クエストを開始してから一時間での帰還、それも本来なら浅い階層にはいないはずのミノタウロスを倒したという大きなお土産つきだったため、ギルドの人は大いに驚いていた。

そして俺はといえば――

「いやぁ、もはや一騎当千ですな！　一生ついていきますぞ！」

サカキのこの態度に驚いていた。なんなのこの豹変っぷり。

「いいですよ、そんな……」

「むしろしばらく下働きなどさせてもらえないですかな！」

「募集してないんで……」

とりあえず、振り切っておいた。


そこから俺は、アリアナと二人、急ぎ足で家へと引き返す。

万に一つがないことを祈っていたのだが……帰り着いた新居は、すでにただならぬ雰囲気に包まれていた。

緊張感が、まだ開けもしない家の戸から漏れ出している。剣呑な雰囲気がひしひしと伝わってきた。

俺は、アリアナと無言の意思疎通をして、中へ踏み入る。

そこに広がっていた光景は――

「エチカ様、人の目をじろじろ見るのは反則でしてよ！」

「だってマリアさん分かりやすいんだもん～。サクラさんは全然分からないけど」

「私は滅多なことでは顔に出ませんよ。メイドですから、嫌なことでも真顔でこなすことに慣れてきました」

「サクラ、それ、わたくしのことじゃないですわよね⁉　そんなに緊縛グッズのお使いに行くのが嫌でしたの……って、あぁ、わたくし、まだ出せますの！」

なんのことはない。トランプのポーカーによって、醸(かも)されていた空気だった。

「負けませんわよ。ソリス様との一夜はわたくしが勝ち取ります！」

いや、賭(か)けていいと言った覚えはないのだけど。

まぁ、楽しそうでなにより……？

――そんなわけで、俺との一夜がかかっていたらしいポーカー勝負に勝ったのは、メイドのサクラだった。

圧倒的なまで大差での勝利だった。何度やっても、追い込まれても、なぜか負けない。

マリアたちにも手伝ってもらいつつ、荷ほどきなどをしているうちに、迎えた就寝時間。

部屋の明かりを消し、寝床に入ったところで、戸がノックされた。

開けると、正座で平伏するメイド様がいた。寝巻きがわりに、アリアナの夏服を着ている。

「……いや、あれはほら、笑い話じゃないのか？」

「いえそうはまいりません。勝った以上は、私の権利ですから。行使しないわけにはいきません」

「そんな厳密なものだったの、あのポーカー」

だいたい、賞品になることについて、うんと頷いた覚えもないのに。

「では、失礼いたします」

しかし、サクラにはまるで躊躇(ためら)いがなかった。俺が呆気にとられているうちにするりとベッドに滑り入った。

「では、おやすみなさい」

まっすぐ上を見ながら、布団の端を掴む。

……なに、この子。

俺は混乱して、そんなもんかと横並びになって布団を被ってみた。

……いや、いや、いや、何か違うよな？　俺の常識がおかしいのか？

寝られるわけもなかった。

やっぱりどう考えても、おかしいのは俺じゃない。

「どうされましたか、ソリス様」

その様子を察知したらしい。ころん、とこちらを向くサクラ。

俺は、ついそちらを振り見た。そのあまりに整いすぎたまつげに、目に、薄い唇にゴクリと唾を飲む。近すぎて、吐息（といき）どころか肌からのぼる熱気さえ感じる。

「え、い、いや、なんにも」

俺は反射的に、反対側へ身体を返す。

しかしあろうことか、サクラはピタリとひっついてきた。できるだけ腰を反らせる。

「ソリス様。少しばかり真面目なお話を聞いてほしいのです」

「この状態で!?」

「それがどうされましたか。とにかく話させていただきますね」

まともそうに見えていたのに、ある意味では一番話が通じないのかもしれない、このメイド。自分の見当違いに気づく。

「お話というのは、今日のマリア様のことです」

「……マリアがどうかしたのか」

「はい。私は数年前マリア様に拾われて以来、お側に仕えてきたのですが、その中で、今日がこれまでで一番楽しそうだったので。どうすればマリア様を笑顔にできるのか、お伺いしておこうかと」

「……俺のおかげじゃなくて、エチカのおかげじゃ？　俺はすぐダンジョンに出かけたし」

「いえ、今日ソリス様に助けていただいた後はずっとです。特に王宮を逃げ出してからは、暗い顔であることが多かったので。教えていただけたら今後も笑顔で過ごしていただけますから」

サクラが俺の服を握り締める。一瞬、力がこもってそれから緩んだ。

「難しいですよね。無理を言って申し訳ありません」

「いや、こっちこそごめん」

彼女らの境遇を思いやって、胸が痛くなる。

とりあえずもう数日、彼女たちをここに置いてもいいかもしれない。明日の朝一にでも、アリアナたちの意志を確かめようか。

「……えっと、それで？　話も終わったし、自分の部屋に戻ってくれるとありがたいんだけど？」

「これは権利ですから」

サクラが頑なに動こうとしなかったので、結局その日、俺は居間のソファで眠りについた。

——それから時間は過ぎて、約一週間。

「このベーコンパン、とっても美味しいわ。アリアナ様、これはおいくらですの？」

「百ペルよ。五個入りでね。ほとんど最安値」

「まぁ！　なんて素敵な！　お城の乾いたパンよりずっと美味しいのに」

まだマリアたちは、家に滞在していた。

いや、もはや半分住みついていると言っていい。三人では部屋が余るほどの新居の広さをいいことに、それぞれの部屋まで持っている。

本当に追われている身なのかと疑いたくなるほど、特になにも起こらなかった。

朝起きて、同じ食卓を囲んで、同じ時間に寝る。

事件らしい事件といえば、マリアに貸していたらしいアリアナの部屋着がだめになったこと。マリアの豊満な胸のせいで、上着の生地が伸びてしまったらしい。

「二重の意味で辛いわよっ。あのおっぱい王女様……」

なんて、アリアナはぼやいていた。

限りなく平和な日々。そう言うと聞こえはいいが、変化がないとも言える。

「それにしても、そろそろ普通の任務くらい任せてほしいわね」

朝ごはんの片づけをしながら、アリアナが不満げにこぼす。俺は、その正論具合に苦笑してしまった。

というのも、いまだに挑戦できるクエストは、採取や調査の類（たぐい）ばかりに限定されていたのだ。

クエストの合間、どれだけ強い敵を倒しても、そのルールは変わらなかった。いまだ三階層目までしか立ち入りは許されていない。

「なんとかならないの～、元王女様！」

アリアナは、マリアに話を振った。

ダンジョンの管理は国が行っているので、マリアならば裏技的なものを知っていると思ったのだろう。

はじめこそ、「せっかくの疑似夫婦生活が……」「貞操観念めちゃくちゃ王女様」なんて、ぶつくさ言っていたが、なんだかんだで打ち解けたらしい。今やこんな冗談も交わせる仲だ。

マリアは、まだ口の中をもごもごと言わせていた。

安物のパンの、濃い塩味の虜になっているらしい。これで十個めだ。まだ口に入っているのに、手にはもう次が握られている。

「ギルド関連の業務は処理が手間ですのよ。特例で新人でも普通の任務を許可するなどの細かい対応をしていると、手順が混乱して、普通の運営さえ難しくなる、と担当からは聞いていましたわ」

口の中のパンを呑み込んで、すまし顔で、きわめて理知的に答えた。こんな一面をたまに垣間見ると、本当に王女様だったのだ、と実感が湧く。

「なるほどなぁ……やっぱり地道にやるしかないか」

「まぁそうみたいね。焦っても超上級ギルドに挑戦できるのは三ヶ月以上先になりそうだし……ゆっくりやろっか」

「あぁ、そうだな」

今日はなんの採取になることやら。代わり映えしない任務のことを考えていたら……

「あら。超上級ギルドに行きたいんですの？」

紅茶を優雅に飲みながら、マリアがきょとんと首を傾げる。彼女が口にしていると高級そうだが、パン同様しっかり安物である。

俺は、こくりと頷いた。

それから、エチカの身体のためであることや親父の死の謎を解きたいことを打ち明ける。一方的に彼女たちの事情を知っているのも、対等ではないと思ったのだ。

聞き終えたマリアは、どういうわけかえぐ、えぐ、と涙ぐんでいた。真っ白な頬を赤らめる。それから、ぐっと拳を握りしめた。

「決めましたわ！　わたくしが、行かせて差し上げますのっ」

……えぇっと？　なにを言ってるの？

「マリア様、外に出られる、ということですか」

それまで、ソファでエチカと本を読んでいたサクラが、こちらへやってきた。

「私が街を歩いていても、正体が露見することはないでしょうが……マリア様の外出は危険と思われます」

「大丈夫ですの、ほんの少しだけですわ。ソリス様ほどお強い方が側にいるなら問題ないでしょう？　ちょっとギルドに話を通しに行くだけですわ」

「しかし、マリア様はもうそのような立場には……」

「もちろん承知の上ですわよ。でも、世間一般には、わたくしはまだ王女。政変が起きたことは、まだ王城内部の話で、外には知られていないもの」

話の流れがよく掴めない。

少し顔をしかめながら二人の話を聞いていたら、マリアがとんでもないことを言った。

「サンタナ王国第一王女・マリアの名の下に、二人を超上級ギルドに推薦するわ！　これが王女として、最後の仕事ですの！」

……えっ、そんなことできるの？


変装したマリアを連れて、三人してギルドへと向かう。

実は超上級ギルドがあるのは、上級と同じ建物の中だ。

ただし、俺もアリアナも足を踏み入れたことはなく、豪華な廊下を、遠目に窺ったことがあるだけだ。

なぜなら、警備がかなり厳重だから。

超上級のフロアへの入り口の両脇は、いつもギルド職員が数人がかりで挟んでいる。

突っ切っていこうとして、どこぞへ連行される冒険者を見かけたこともあった。

「本当にいいのかよ、マリア」

「そうよ。変なことしたら、資格の剥奪とかされるんじゃ」

俺とアリアナは及び腰だったのだが、マリアは毅然とした態度で超上級ギルドへと歩いていく。

「お待ちください。これより先は有資格者のみしかお通しできません」

案の定、道を塞がれた。

それどころか、周りをたくさんの職員たちに囲まれる。

完全に侵入者扱いだが……

「あなたたち、控えなさい。わたくしを誰だと思ってるの」

マリアは不敵にふふふと笑う。それから被っていたフードをおもむろに外した。

「……あ、あなたは……！」

職員たちが同じような声をあげる。一様に驚いた顔をしていた。互いに顔を見合わせ、なにかを確かめ合う。そりゃあそうなるよな、彼女は王女様なのだ。

……しかし。

「……えっと、誰ですか、あなた」

誰も彼女の顔を知らなかったらしい。考えてみれば、王女など、ギルドの一職員が会える人間ではない。

俺だって、顔も見たことがなかったわけだし。

「わたくしはマリアよ！　サンタナ王国第一王女のマーリーアー！」

必死に訴える本物の王女様。

だが、なにも知らない職員たちにしてみれば、戯言でしかなかったようだ。

結果、判断は覆ることなく、まがい者として事務所の裏へと連れて行かれる。

放られた部屋は、狭くて薄暗い。長机が一つに、椅子が六つだけだ。

「……ねぇタイラー、本当に大丈夫なのかな」

「さぁ……俺、ギルドに怪しまれるようなことって初めてやったし」

「大丈夫よ。わたくしは本当に王女ですもの。いざとなれば、胸元の紋章を見せればいいのですわ」

不安になる俺とアリアナに対して、マリアはふんと鼻息を荒くする。

……ん、待てよ？　突如寒気がした。

「なぁ。もし政変のことが、もうギルドまで伝わってたら？　マリアは追われ人になるんだよな？その場合、この状況ってかなりまずいんじゃ」

「……あ」

あ、って言っちゃったよ、この王女。

彼女の上気した顔が一気に青ざめる。そしてわなわなと震えだした。

「その場合、このまま捕らえられて処刑かしら、おほほ、おほほ……ま、ま、まぁまだここのギルドは末端組織ですし。伝わってるなんて万に一つもないと思いますけども、ね？　おほほ～」

全く笑える要素がなかった。

そんなことになったら、ギルド追放では済まないではないか。俺も今さらその危険に気づいたわけなのだが。

「ねぇ。どうしよ、タイラー！」

「だ、だ、大丈夫ですわ、アリアナ様。人生なるようになりますわ！」

「なによ、その投げやり加減！」

逃げるかどうするか。

激論を交わしはじめた時、扉が三度ノックされた。どうやら脱走するには少し遅かったようだ。

「ど、ど、どうぞ。お入りなすって」

マリアが、汗をだらだらと垂らしつつ言う。俺とアリアナも着席すると、姿勢を正して来訪者を待つ。

最悪の場合を考えて、机の下では魔力を練り込んでおいた。

そうして部屋に入ってきたのは、六十歳前後の老人だった。鋭い眼光をしていて、ただものではなさそうだ。

俺たちをギロリと値踏みするように見る。

まず、片膝を地面に降ろしたかと思うと――

「王女マリア様。当ギルドへお越しいただいたにもかかわらず、職員が大変なご無礼を働いたことお詫び申し上げます」

土下座である。

しかも、何度も頭を床へ擦りつけていた。

驚きの光景に、俺は声も出なくなる。それはアリアナも同じのようだ。

「おやめなさい、サラー。ギルド長がみっともない。早くお席に着きなすって？」

マリアがサラーと呼んだ彼は、その言葉に面を上げる。

まるで神託を受けたかのように、深々とお辞儀をしてから、席に着いた。

そして再び何度も礼と謝罪が繰り返される。

「もういいですわよ。それより、今日はお願いがあって来たんですの。これを叶えてくれますなら、先ほどの無礼は不問といたしましょう」

さっきまでオロオロしていた少女とは思えぬほどの、立派な立ち回りだった。存分に王女の風格が出ている。俺もアリアナも、なにも口を挟めない。

「マリア様のお頼みであればなんなりと。このサラーめに申しつけください」

もはや、なんにでも従いそうな様子だった。だが、

「このお二人を、わたくしの名のもと、超上級ギルドに推薦したいの」

この言葉を聞くと、サラーさんの表情がやや曇った。

「失礼ですが、お二人はマリア様の従者でいらっしゃいますか？」

困ったように眉を落としながら俺へ尋ねる。

従者ではないが、なんなのだろう。

同居人になりつつあるが、よく分からない関係だし、本当のことを話せるわけもない。

「二人はわたくしを助けてくださいました、恩人ですの。それだけじゃありません。こちらのタイラー様は、あのランティス様のご子息なのですわ」

マリアが、俺の代わりに答える。

交渉を優位に運ばせるために、大袈裟に恩人と言ったのだろうが、少し気恥ずかしい。

「……あのランティス様の。噂はかねがね耳にしておりましたが、左様でございましたか。あ、いや、しかし、いくらマリア様のご要望でも、そのまま通すわけにはいきません。なにせ超上級ダンジョンは、ひどく危険な地ですから」

サラーさんは眉間にシワを刻んで首を横に振ると、「少し待っていてください」と言い残して、部屋を出ていく。

彼が抱えて帰ってきたのは、両手で持つのがやっとの大きな魔石だった。中まで透き通っている。

「これって、魔力を測れるっていう石よね」

アリアナの言葉に、サラーさんは説明口調になる。

「左様。これにてお力を試させていただきたいのです。超上級ダンジョンに挑むほどのお力があるならば、触れていただければ、石が七色に光ります。もしご両人どちらかが、虹色に光るほどの実力をお持ちのようならば、お通しいたしましょう」

……なるほど、いわば力試しだ。それも戦いではないだけに、純粋な魔力の強さが試される。

少し前の俺なら、間違いなく不合格だったろう。なにせ一切の魔法が使えなかったのだ。

だがしかし、今は――

アリアナが先に触れる。石は赤白青の三色に染まっていた。

なんとか七色に煌めかせたい。いや、ここは欲張らずに五色くらい。なんて祈りながら石に手をやると。

魔石は、まばゆい光を迸らせる。

パァンッ！　と音が響いたと思ったら、粉々に割れてしまっていた。

「……えっと、この場合は？」

合格？　不合格？　それとも弁償（べんしょう）？　珍しい代物だとしたら恐ろしい。

俺は、そーっとサラーさんの顔色を窺うと、血の気が引いているようだった。

それから、まるでブリキのおもちゃみたく、ギコギコと首を動かし、俺を見る。

「壊れるのは、測れる魔力の限度を超えた時のみ……この大きな石が壊れるなんて、ギルド始まって以来でございます！　あなたのお父様でさえこの石は壊せなかった！」

「つまり……？」

「合格でございます！」


「いやー、まさか本当に超上級になれるなんてねぇ。やっぱりタイラー強いっ！」

「アリアナだって、三色にも光れば十分な実力者らしいぞ」

「私のことなんていいの。タイラーは粉砕しちゃったんだから！」

超上級ギルドでの能力試験をクリアしたあと。パーティ登録作業を済ませた俺たちは、ギルドを後にしていた。

いざというところまできて、怖気づいたわけじゃない。

今日からでもダンジョンに行く心の準備はあったのだが、マリアを一人で家まで帰らせるわけにはいかなかったのだ。

彼女は追われる身であるし、それに超上級に挑戦することができるのは彼女のおかげなのだ。雑に扱うこともできまい。

「ありがとうな、マリア」

「よくってよ。わたくしの方こそ、ずうっとお世話になってますもの」

「いやいや、たかが一週間泊めただけだろ？　マリアのしてくれたことに比べれば全然足りないよ」

実際、お世話というほどのことはしていない。

マリア自身の家事はからっきしだが、サクラがせっせと働いてくれるので、むしろ仕事が減って助かっているくらいだ。さすがは王家仕えの家事スキルである。

なにか恩返しをしたい。そんな発想に至るのは自然なことだった。

「なにかやりたいこととか、欲しいものとかないか？　聞ける範囲で聞くぞ」

「あっ、それいいわね！　……いかがわしいことじゃなければ」

俺が投げかけると、アリアナも乗ってくれる。

マリアは「そんなことといいですのに」と手を振るが、表情は嘘をつけない。口の端がぴくぴくし、俺たちの言葉に嬉しそうにしていた。

そして絹のように白く、綺麗な形の顎にちょこんと手を当て考えはじめる。

思ったより、優柔不断(ゆうじゅうふだん)な方らしい。あーでもない、こーでもない、と考えを巡らせた末、

「海に行きたいですわ！」

「えっと、そんなことでいいのか？」

王女様のお願いである。

もっとお金がかかるような突飛なものがくるか、もしくは縛られたがりな趣味が発動するかと想像していたので、拍子抜けしてしまった。

「行ったことはあっても、ほとんど横目で見るだけだったんですの。公務の合間に、というのがほとんどでしたから、少しゆったりとしてみたいですわ」

「……王女も大変なんだな」

「うふふ、少なくとも優雅に紅茶をすすってるだけでは務まりませんわ……それで、ソリス様。いかがでしょう？」

マリアが首を傾げる。もちろん、俺は首を縦に振った。ちょうどエチカにも、近くで海を見せようかと思っていたのだ。

夕飯後。日が落ちる頃を見計らって、サクラも加えた五人で家を出た。

海岸までは、新居から徒歩で二十分程度だった。できるだけ人目を忍んで、夜の闇に紛れて歩く。

「……わぁ、こんなに静かなものなの」

到着すると、マリアとエチカは砂浜の前で、立ち尽くしてしまった。

「マリアさん！」

「エチカ様！」

初体験同士の連帯感ゆえか、二人は手を繋ぐ。それから波打ち際までゆったりと歩いて、すとんと腰を下ろした。

「お二人とも、髪に砂が絡んでますよ」

サクラが櫛を片手に、二人の元へ歩み寄った。

王女つきのメイドだけあって、身だしなみに関するアイテムは常に持ち歩いているのだろう。声が三人分になるが、それをすぐに波音が呑み込む。

そんな三人を見ながら、アリアナが俺の隣で口を開いた。

「私も海なんて久々に来たよ」

「俺も。むかーし、地元の同年代を集めた行事で来たくらいだったかな？」

「あはっ、懐かしい！　タイラー、水浸しになってたよね」

まるで、アリアナと二人だけの空間かのように感じられた。俺は必死で視線を海の先へと飛ばして、次の言葉を探す。

「座ろっか、私たちも」

「う、うん。そうだな」

二人して、体育座りをする。波の音に紛れて聞こえる彼女の息遣いに、緊張してしまう。

すると、そんな緊張を吹き飛ばすように――

「お兄ちゃんの横、確保ー！」

「あっエチカ様、ずるいですわよ」

「……私は余ったところでいいので」

なんか周りを囲まれた。なにこの可愛い包囲網。

「いい景色ですわね、ここ！」

前に座ったマリアの背中で、海があまり見えないけど。王女様の背中を間近に見るのは、ある意味、より神秘的な景色かもしれない。

長くいればいるほど現実味が薄れていくような雰囲気に、五人して浸る。

しばらくしてから俺は、とっておきのものを取り出した。

ただマリアに海を見せるだけでは芸がないと思ったのだ。

「お兄ちゃん、これ花火⁉」

「そう。露店で売ってたんだ。ちょうどそんな時期だろ？」

「うん！　やりたかったんだ！」

エチカがさっそく何本かを掴んで、満面の笑みになる。

……可愛いなぁ、うちの妹は。こうなったら、もっと楽しんでもらわなくては。

俺はまず、光属性魔法を利用する。

「……出番なさすぎじゃありませんか、ボク」

尻尾を明後日(あさって)の方向にひん曲げたお猫様が顕現して、すぐに人間の姿になった。キューちゃんは、やっぱりふてくされた顔をしている。

たしかに姿を久々に見た。

「……いや、ほら、俺全然怪我してないからさ」

「ご主人様が強すぎるんです！　もうちょっとくらい、やられてもいいのに！」

「光の精霊獣の台詞じゃなくないか、それ」

むしろ悪っぽい。だが――

「キューちゃんさん、久しぶりです！」

エチカに笑いかけられると、へたっていた猫耳がピンと立ち上がり、属性通りに顔が明るくなる。

「あら、化け泥棒猫じゃない」

今度はアリアナを見るや、またどす黒い影が落ちた。なんなら背景の海と同化してしまいそうだ。

恒例の小競り合いが始まったし、この分なら、立ち直りも早そうだ。

マリアやサクラともすぐに馴染むだろう。

俺は一つ安堵してから、詠唱とともに、極々小さな炎を指先に灯す。

「ファイアフェアリー」

力の弱い魔法だけに、繊細な感覚が求められる。ふわっと宙に放れば、腰の辺りで火の玉が空に浮かんだ。

全員が花火を手にしているのを確認してから、

「じゃあ静かに、大騒ぎにならない程度に。でも楽しもう」

まず自分の手持ちに点火した。

虹色の火の粉が噴き出して、それが他のメンバーのものに移っていく。すぐに、場がほんのりとした光に包まれていった。

どちらが振り回せるだとか、綺麗だとか、なんだかんだで盛り上がりを見せる。

そうして一段落がついた頃。

「マリア様を助けてくださったのが、あなたで本当によかったです」

サクラが、スカートを押さえながら隣に座る。俺が一人しゃがんで、火の先を眺めている時だった。

「前に『マリア様は、今が一番楽しそうだ』と言いましたが、やはりあれは間違っていませんでした。この一週間で確信に至りました」

「……大袈裟だよ」

「いえ、過大評価などする余地もないことかと。城にいたときは、人前では元気に振る舞っていても、部屋に戻ればすぐに青い顔になり、疲れて寝てしまうのが、マリア様の日常でしたから」

じゅうっ、と火が燃え尽きる音。サクラは淡々と次の花火を握る。そして、俺の花火に近づけてきた。

やや着火し損ねたのか、小さな爆発が起きるが、彼女はまったく動じない。

瞳の中で、火の粉だけが揺れる。

「なぁ、サクラはどうなんだ？　楽しいか？」

俺は無意識にこう尋ねていた。

彼女は、やや呆気に取られた様子だった。

聞いてはならないことだったろうか。メイドというのは骨の髄（ずい）まで主人のことを考えていなくてはならないのか。

少しやるせない気持ちになっていたら、黒の瞳がまじまじと、俺を見つめていた。

「私も、もちろん楽しいですよ」

にっこりと、自然に微笑む。

初めて見る表情だった。不意打ちすぎて、思わずドキッとする。

「どうされました？　ソリス様。その、あまり見つめられると……」

「あ、いや、ごめん！　ちょっとぼうっとして」

俺は慌ててそう答える。

「タイラーってば！　ほら、飛ぶんだよ、この花火っ！　しゃりーんって！」

すると、腰に大量の花火を挿して天真爛漫に笑うアリアナがやってきて、腕を引っ張ってきた。

「また、ちょっと子供っぽくなってるな」

「こんな時くらいいいでしょっ！　ほら、いけっ、飛べっ、もっと飛べっ！　しゃりんしゃりん言わせてみろ～っ！」

「恐喝（きょうかつ）してるみたいに聞こえるから！」

その後も、波から逃げたり、砂の城を建てたりと、海遊びを堪能する。

ふと、ずっとこの時間が続けばいいな、と思った。

その先でエチカの治療や、親父の死の究明といった目標を達成できるなら、それ以上のことはない。

しかし、その帰り道。

ミネイシティの中心街を通りかかった時、さっそく、その夢が崩れるような話が耳に飛び込んできた。

「ノラ王女が正式に後継ぎになるんだってよ！　マリア王女は失脚、処刑されるらしいぞ。しかも行方不明だとよ」

夜だというのに人通りが多く、地面には新聞の号外が落ちている。

そこに記されていたのは、さっき聞こえた話が、王家からの正式発表だということ。どうやら、ついに政変が公にされたようだった。

平和な時間が一転、とんだ事態である。

俺たちは、身を闇に隠すようにして家に急いだが、その間、誰も喋るものはいなかった。

重苦しさだけが、五人を包んでいた。無神経に飛び交う街の噂話に、せめてもの抵抗として耳を塞ぐ。

どうにか家に到着するなり、マリアとサクラは部屋へと下がった。

そしてすぐに出てきたと思えば、その腕には荷物が抱えられている。

もしや出ていくのか。

「おい、ちょっと待てよ」

「そうよ、二人とも！」

俺とアリアナは制止するのだが、取り合ってくれるつもりはないようだった。

やや強引にマリアの荷物を取り上げると、やっと彼女はこちらへ向き直った。その顔は、血色が悪く青ざめている。

「……わたくしたちがここにいては危険ですわ」

「二人がここを出る方が危険だろ」

「わたくしが言ってるのは、あなたたちのことですわ。自分のことではありませんの。これから先どこにいても、わたくしは危険ですわ」

それが元王女の宿命。

悟りきったその言葉に、俺ははっと一瞬、力が緩んでしまう。

その隙に荷物を奪い返されてしまった。

サクラも、アリアナを軽やかにかわして廊下を突き進む。玄関の前で二人が並んだ。

「大変お世話になりましたわ。お三方には感謝しかありません」

「マリア様の言う通りでございます。色々とありがとうございました」

律儀に頭を下げてから出て行こうとするので、俺はちょっとばかり策を講じた。

扉の反対側から、風魔法を発動したのだ。マリアが足を踏ん張って扉を押すけれど、びくともしない。

「ソリス様、どういうことですの！」

「それはこっちの台詞だ。なぁ、そもそも助けてって言ってなかったか？　それが今だと思うんだけど。ここにいろよ」

「それを言うなら、ソリス様こそですわ。はじめは一日泊めるのも渋られていたではないですか！」

「……それは、そうだけど」

でも、あの時とは違う。

珍しい客人というだけではなくなっているのだ、とうに。

この短い期間でなんだと思われるかもしれない。国の問題に一般人が口を挟むな、と眉をひそめられる話なのかもしれない。

そうだとしても、今目の前にいる彼女たちを放っておけるわけがなかった。

だって、二人とも細かく手が震えている。内心ではとても怖いだろうに、王女だから、運命だから、と必死にそれを隠そうとしている。

「もう二人とも、家族の一員くらいには思ってるんだ。だから、行かせられない！」

この状況を目の当たりにして素知らぬ振りができるほど、俺は冷徹な性格ではない。

「タイラーを無自覚に誘惑するのはほんっとに許せないけど……でも嫌いじゃないわよ、マリアのこと。もちろんサクラも」

「マリアさん、サクラさん……エチカも二人のこと好きだよ」

アリアナとエチカが、俺を援護してくれる。

マリアの唇が一瞬、感極まったように歪んだ。けれど、それを無理矢理引き絞って、感情を殺したような冷たい声を発した。

「わたくしたちも、あなた方が大切なのですわ。ランティス様のご子息だから、助けてくれたから、そんな理由で甘え続けるなんてもうできません。だから、出ていくのです。いい思い出になりましたわ、最後の」

マリアがにっこりと笑う。

恐ろしい美しさを湛(たた)えていたが、それは危険な匂いがする。

死を怖がらない人の、後ろめたさの消えた美しさ。彼女の言う、最後は、たぶん今生(こんじょう)の別れを意味する。

「——マリア様、あちらから！」

「……しまった！」

サクラが誘導して、玄関の脇、庭へと出る勝手口の戸が開けられた。靴はサクラが手に抱えて、どちらも靴下のまま外へ。

まさか王家の人間がそんな行動を取るとは思わず、うっかり逃げられてしまった。

「留守番頼む！　鍵閉めといて！」

エチカを置いて、俺とアリアナはすぐさま追いかける。

二人とも目立たない格好で海へ行っていただけに、宵闇(よいやみ)の中では分かりにくかった。住宅地の入り組んだ道のどこかへ、紛れてしまったようだ。

今捕まえておかねばどうなるか。

キューちゃんも呼び出して、匂いを追ってもらおうとするが――

その矢先、きゃっ、とごく短い悲鳴が聞こえた。引っ越しの日、山道で聞いたものと同じものだ。

「ご主人様！　ボクの鼻が間違っていなければ今の方向に、マリアさんが……」

「くそ、さっそくかよ」

もしかすると、もう追っ手が来たのかもしれない。

俺は一目散に、悲鳴の聞こえた方へ駆ける。

現場に着くと、マリアとサクラが男たちに囲まれているようだった。

だが、囲んでいたのは追手になるだろう衛兵たちではない。荒くれ者といった方が正しそうな、統率感のない武装をしていた。

王女であることが、襲撃された理由ではなさそうだ。夜道に荷物を抱えた女二人組というのは、単に狙われやすいからな。

最悪の事態ではないけど……慎重にやらないと、面倒なことになるぞ。

ここで騒ぎになってしまったら、警備隊が飛んでくるだろう。そうなったら、マリアたちの顔が割れて、捕まってしまうかもしれない。

敵をじろりと睨みつける。

ふと、その中に懐かしい顔を見つけた。

「お久しぶりですねぇ、タイラーにアリアナ」

俺をパーティから追放した男。ゼクト・ラスターンであった。

たかが一ヶ月見なかっただけで、俺にとってはもうすっかり過去の人になっていた。だが、その意地汚い顔は忘れるべくもない。

「こんなところにどうしているのかと驚きましたか？」

たしか警備隊に突き出したはずだ。なぜここにいるのか。そう少しは焦ったのだが……

「私も驚きました。また人助けなんてしょうもないことをしているのですね。まったくそんなんだから、タライはタライのままなのですよ」

ゼクトは、ダンジョン攻略で俺がいかに役に立たなかったかと、周りの荒くれ者どもに得意げに弁舌を振るう。

やけに長尺な話であった。舌が回るのも速い、速い。

——そして気づいた。彼の額いっぱいに、大粒の汗が浮かび上がっている。

「……ねぇタイラー、あいつ」

「あぁ。ビビってんな、完全に」

そういえば闇魔法・ナイトメアの効果で、人を襲撃できないようになっていたのだった。つまり、強がってるだけだ。

そう思えば、こんな危機的状況だというのに、やる気が削がれてしまった。

ただ、逆にそれがよかった。

冷静さを取り戻した俺は、ゼクトの空笑(そらわら)いをよそに魔力を溜めていく。

そして、男たちの壁の奥、不安げにこちらを見るマリアとサクラへ、口角を上げてみせた。

「アリアナ、少し離れててくれ」

「……タイラー？　分かったけど」

なにをするつもりなの？　と言わずとも顔に書いてあるアリアナ。けれど、彼女は素直に離れていって、射程の外まで出てくれた。

この周囲は住宅地だ。派手に剣を振り回せば、まず通報される。極力、静かに。

ならば使う魔法の種類は一つだ。

「ダーカーザンナイト」

俺は静かに詠唱をする。前にゼクトに使って以来の、闇魔法であった。

夜より深い漆黒(しっこく)が俺の背後から生き物のように現れ、地を這うようにしてゼクトらを囲む。

上下左右、逃げ場は断っていた。そして、ゼクトは俺の魔法を見ると、わなわなと手を震わせながら跪(ひざまず)く。抜いていた短剣が、地面で跳ねた。

俺は惨めなその姿を見つつ、ため息をつく。

「ブレイクソード」

魔術の詠唱を行うと、漆黒は十二本の剣に変化。

その揺らめく剣先は数秒後、ゼクトらの喉元にぐさりと刺さっていた。

「ちょっと、タイラー！」

アリアナが弾かれたように声をあげる。

それに気を取られたほんの一瞬。

最後の力を振り絞ったのだろう、ゼクトが短剣をこちらへ蹴飛ばすが……俺は横向いた刀身を一度靴先で跳ねさせると、できるだけ音を立てぬようにして、いなした。

それから俺は、人差し指を唇に当てる。

「アリアナ、静かに。大丈夫、本当の剣じゃないから」

「……じゃあ死んでないの？」

「あぁ、それは大丈夫……これは、心を貫くんだ」

前回の『ナイトメア』同様、これも肉体的な死を与える魔法ではない。闇魔法にはそもそも、その系統が多いらしい。

死よりも苦しみを。

おどろおどろしいが、的確にこの魔法の特性を言い表した文句だった。

「……ソリス様、あなたってお人はどこまでお強いの」

「本当に、多少腕が立つ追手くらいなら倒せてしまいそうですね」

救出された二人は唖然(あぜん)としながら、こちらを見る。

マリアに至っては、口からよだれを垂らしていたので、拭ってやる。

「ありがとう、でいいんだよ」

俺がマリアの手を取って引き上げると、彼女はそのまま俺に寄りかかってきた。腰が抜けてしまったらしい。

にしても、王女様のお身体の、育ちのよさったら。

こんなものを味わっていると知られたら、アリアナが絶叫しかねない。俺は必死で、なんの意識もしていない風を取り繕う。

「なぁ、アリアナ。二人を連れて先に帰っててくれない？」

「タイラーは？」

「……ゼクトたちを警備隊に引き渡してくるよ」

なんでこいつがここにいるのかよく分からないが、身柄を預ける場所なんて他に思い当たらなかった。

ゼクトたちは地に伏せたままで、一人一人運ぶわけにもいかず、俺は街の中心まで警備隊を呼びにいく。

やってきた警備隊の人は、ゼクトたちの姿を見て口を開く。

「今回は本当助かったよ。こいつら、ちんけな悪徳の運び屋でよぉ」

「運び屋、ですか」

「そうよ、違法運送業者。田舎の警備隊はこいつらと深く関わってるって話もあってな。クスリ、魔法武器なんてものの違法流通をやってるんだと。でも、なかなか尻尾が掴めなくて、真面目な俺たちは、風評被害に困ってたんだ。あくまで噂かもだけどな」

……なるほど。

拘置所で、そいつらに勧誘されたんだろうか。

「にしても、お兄さん、かなり強いんだな……あぁそうだ。前王女のマリア様、いや違ったな。お尋ね人のマリアを見つけたら教えてくれよ。捕まえてくれたら、俺もお兄さんも大もうけよ」

がははとでっぷりした腹を抱え、警備隊のおじさんは笑っていた。

俺は、なんとも言い返せなかった。やればいいものを、下手な作り笑いもできなかった。

家へ帰ってくる。

マリアとサクラも、ようやく他の場所へ逃げることが無謀だと悟ったらしい。大人しく、しゅんとなって、身を丸めていた。

そんな二人をよそに、悠々と寝られるわけがなかった。

外からの襲撃に備える意味もあって、俺は彼女たちと居間に残り続ける。いいと言ったのに、アリアナもエチカも夜ふかしに付き合ってくれた。

紅茶を飲みながら、できるだけたわいのない話をして、遠い朝日を待つ。

とはいえ、一日分の疲労はまぶたに重くのしかかってきていた。ついつい微睡(まどろ)みに落ちそうになるのだが、その時は——

「……いってぇ……！」

「ですからそう申し上げたはずです。眠気覚ましのツボです」

サクラの恐るべき秘儀で、どうにか堪えた。指がめり込んだ背中の鈍痛にも、耐えた。

すやすや寝息を立てていたのは、一人だけ。俺の隣の席でぐらぐら頭を揺らしている。

「マリア様にはもう何度もやってきましたから、慣れてしまったのでしょう。この程度では起きません」

　これに慣れるってよっぽどだな……

「しかしまぁ。さっきまで腰抜かしてたくせに。肝っ玉据わってるな、王女様は」

「はい。先ほどこの家を出てからも、私を置いて一人で行こうとされていたくらいです。私にも迷惑はかけられない、と。マリア様に拾われた身ですから、もちろん断りました。それで少し口論になり、気づけば妙な集団に囲まれていました」

「……まったく、マリアらしいな」

　金でできた糸のような、その光沢ある髪に俺は手を伸ばす。国を一つ背負わされようとしていた人にしては軽い頭が俺の肩口に落ちてきて、びくりと跳ね上がった。

「……ソリス様ぁ、そこを縛ってくださいましぃ～」

　不意打ちはやめてほしいし、縛りたくもない。


「――なんだか無謀な気もするけど大丈夫？」

「アリアナもそう思うか？　正直俺もだ。でも、他に方法がないだろうよ」

　眠らずに夜を明かしたその日。

　俺たちは、普段通りの時刻に家を出て、ダンジョンへと向かっていた。

「お二人でなにを話しているのでしょう？」

　唯一違うのは、昨日同様にマリアを連れていることだけだ。

本当は、もう数日くらいは家で待機すべきだとは思う。

だが、俺たちの冒険の邪魔になるなら出ていく、とマリアが聞かないので、色々な議論を重ねた結果、こうなった。

国に狙われているのは、マリアだけなのだ。サクラが言うには、メイドはそもそも入れ替わりが激しく、一人一人認識されていないため、彼女自身は安全だろうとのこと。

つまり、俺がマリアの側にいて守ってあげられれば、とりあえずは問題ない。、不安定で応急処置的な作戦だが、仕方がない。

それに一応、勝算もあるにはあった。

「やっぱりこの豪華さだと緊張するわね」

「……はじめての超上級ダンジョンだしなあ」

俺たちが挑むのは、人の多い上級ダンジョンではない。

ほとんど人がいない、選ばれた数組しかたどり着けない超上級ダンジョンなのだ。

つまり、一度中にさえ入ってしまえば他人の目につきにくい。

豪華絢爛な赤を基調とした廊下を渡り、金やらガラスやらをあしらい高級感をこれでもかと演出した受付にたどり着く。

「あれ、昨日の方はどうかされたんですか」

立っていたのは、昨日とは別人だったので、依頼の受付をしつつ聞いてみる。

「ご存知かとは思いますが。昨日政変があり、その影響を受けて人事発令がありました。今日からよろしくお願いしますね」

影響がこんなところまで出ているとは思いもしなかった。

ちらりとマリアを窺うと、深く頭巾をかぶって表情を隠している。

元王女だと気づかれまいとしているのか、思うところがあるのかは分からない。いずれにしても、あまり長く人目に晒されるのはよくない。

さっさと行こうとしたところ、入り口を張っていた職員らに止められた。

まさかバレたか。

俺はだんまり俯くマリアの袖を引いたあと、刀に目を向けるが、向こうは捕縛しようというつもりはないらしい。

どうしたのかと思っていると、職員が口を開いた。

「あなた方は昨日、前ギルド長サラーの推薦によって登録された面々ですね」

「……えっ代わられたんですか」

アリアナが声をあげる。

「はい、このたび裏方に移ることとなりました」

「昇進ってわけじゃなさそうだな」

追放こそ免れたようだが、権威を失ったらしい。

アリアナが眉をひそめる。俺もため息をつくしかなかった。サラーさんが手を回してくれたおかげで、俺たちは今ここに立てているのだ。

……ん、待てよ。

「もしかして、俺たちの登録は無効になったりするんですか？」

「いえ、問題ありません」

俺はひとまず胸を撫で下ろす。

サラーさんのことは気の毒だが、とりあえず最悪の事態ではない。

「なら、どうして止められたんです？」

「そこの方は誰ですか。昨日の時点ではパーティメンバーに登録がないようですが」

撤回。結構まずい状況になっている。

上級ギルドでは、人が多いからだろう、いちいち確認を取らないこともあったため、やり過ごせるかと思ったのだが……

超上級ともなると、管理が厳重なのかもしれない。

「もしよろしければ身分の確認をさせていただきたいのですが」

「……えぇっと」

俺がまごついていると、アリアナがキリッとした表情で、代わりに答える。

「かっ、彼女がど、ど、どうかしましたか？　別にやましいことなんてないわよっ」

うん、まずい。このまま任せていたら、ボロがボロボロ出ちゃいそうだ。

ひとまず、俺はアリアナの裾を引っ張る。ぴきっ、と彼女が背中を反らしている間に、頭を思いっきり巡らせるが……

残念なことに、風魔法を使って逃げる、なんて場当たり的な方法しか出てこない。まさか実行できまい。

俺は冷や汗を垂らしつつ、ちらりとマリアを見た。

これしかない！

「……彼女は奴隷なんです！」

とんだ大嘘だ。むしろ立場は正反対である。マリアは王女様だったのだ、昨日まで。

だが、今この場では、このはったりしかなかった。

振る舞いや顔立ちなどを見れば、貧民でないのは一目瞭然（いちもくりょうぜん）だ。

だが、全身を見せない衣装といい、顔を上げない様子といい、今の姿ならば傍目にはそう見えるかもしれない。

そして——

「……そうでしたか。では、どうぞお気をつけていってらっしゃいませ」

奴隷ならば、登録の必要はなく中へ連れて入れる。

あってはならない制度なのだが、奴隷はモノ扱いされるのだ。所有物は、検問の対象外となる。

絶対に嘘だとバレてはいけない。俺はできるだけ邪険に、マリアへ向かって顎をしゃくる。

意図を汲んでくれたようで、彼女は無言で俺に従い、ダンジョンの入り口へと早足で歩く。

アリアナは、なにが起きたかまだ掴めていないようだ。

しばらく職員の前で固まっていたが、俺が「行くぞー」と促すと、びっしり敬礼してから、俺の横までぎこちない動きでやってきた。

本当に演技のできない子だ。

……まぁそんなところも可愛いんだけど。


ギルドで貰った地図によれば、超上級ダンジョンは上っていくのではなく、地下へと下りていく構造だった。

その階層の下限は、いまだに調査中で全てが解き明かされてはおらず、一定階数以下に行くと戻ってこられないなんて話もあるらしい。

だが、そもそもダンジョンは、突然出現するなど謎めいた存在だ。いちいち気にしていては、入ることすらできなくなる。

とまぁ分かっていても、どうしても緊張はするのだけど。

「いよいよ、超上級……！」

階段を下りる途中、アリアナは手をしきりにさすっていた。緊張しているのだろう。

狭く細長い空間をしばらく進み、いきなり視界が開けたと思ったら——

「……そんなことある？」

目の前には、ワイバーンがいた。あの日見たものより、一回りほど大きい図体（ずうたい）をしている。

こちらを見るなり咆哮をあげたので、刀に手をやる。

警戒をしていなかったわけじゃないが、臨戦態勢に入るのが遅れたな。

上級ダンジョンの低階層にいるモンスターたちとは比べ物にならない威圧感だ。

そう思っているうちに、火球が乱れ打たれる。水魔法を使えるアリアナは自分の身なら守れるとして……

「ソリス様！　な、な、なんですの、あの大きいのは⁉」

問題はマリアだ。へなへなと地面にへたり込んでしまった。

俺はとっさに、彼女の周りに水のベールを張ってから、ワイバーンへ向き直った。

「炎を貫き、水の誇りを示せ！　アクアショット！」

アリアナが、お得意の微妙に恥ずかしい詠唱とともに矢を放つ。

上級ダンジョンで鍛えられたのか、一ヶ月前よりは、明らかに威力が高まっている。

けれど、ワイバーンには及ばないようで、水を纏った矢は簡単に噛み砕かれる。

「そんなぁ！」

アリアナが声をあげる中、俺は、素早く刀を抜いた。

すっと刀身を頭の上まで持ち上げ、少し斜めに傾ける。いわゆる上段の構えだ。中段の構えより攻撃に特化していて、より速く攻撃に移れる。

マリアを守るベールにも魔力を使っている以上、全力というわけにはいかない。

けれど、まだまだ魔力は余していた。俺は肺を大きく膨らませて、ふーっと息を吐き出す。

呼吸の一秒ごとに水属性の魔力を研ぎ澄ませていく。

「ガルウウウウッ！」

炎攻撃を左右にステップして避けながら、ワイバーンの翼によって起こされた風圧を利用して飛び上がり、

「ハイドロスイープ！」

胴体目掛けて、魔力を宿した刀を上から振り下ろした。

刀身から溢れた水を叩きつけられたワイバーンが悲鳴を上げて、地面へ落ちる。

俺が風魔法を駆使して、ゆっくり着地した頃には、すっかり息絶えていた。辺り一帯、水浸しだ。

「「……どうなってるの」」

声を重ねて驚くアリアナとマリア。だが、俺自身も驚いていた。ついこの間までは、水魔法はここまで使えなかったからだ。

思いついて、久々にステータスボードを開けてみる。

冒険者レベル50の表示が最上部に燦然と輝いていて、胸が熱くなった。

冒険者レベルと魔法属性レベルは、個々人によって上限がある。

もちろん同じレベルだからといって、強さまで同等なわけではないが……一般的に冒険者として長く活躍できる人の目安が40というから、いつの間にか超えていたらしい。

「どうされましたの、ソリス様。固く拳を握りしめられて？」

このレベルは冒険者以外の人間には、無用の数字である。たぶんマリアには、この感慨はよく分からないだろう。

「アリアナの特訓のおかげだな」

「……私のおかげって次元？　でも、私の冒険者ランクも密かに上がって25！　まぁまぁよね、タイラーがおかしいだけで。半分ちょうだい？」

「可愛くおねだりしても、だめだ。てか、できないし！」

一難去って、和やかに会話を交わす。

そうしていると、どこからか拍手が聞こえてきた。やや道が狭まり、先の見通せない角からだ。

俺たちがその方向を見ていると、男が一人現れる。

「すごいですね、かなり強いらしい」

深緑の髪をした、同じ年頃の男だった。

悠々とした歩き方は、自信に満ち溢れているように見える。大きくカエデの葉の刺繍があしらわれた羽織を着ていた。見るからに裕福そうな身なりだ。

いったい誰だろうか。少なくとも超上級ダンジョンに入れる冒険者なのだから、かなりの実力者？

俺が怪訝に思っていると――

「僕は、ユウヒ・テンバス。言ってみれば、最強の冒険者さ」

鼻につく自己紹介をされた。

だが、その紹介は大して耳に入ってこなかった。後ろから現れた四人のメンバーの中に、なんと見知った顔がいたからだ。何度見ても、間違いない。

「タイラー、あの子！」

あのシータがいたのだ。

あの日、ワイバーンの前で見捨てられて以来の遭遇だった。

しばし目が合うが、それだけで、彼女はふいっと他のメンバーの陰に身を隠してしまった。

「あれ？　なんか反応鈍くないかい？　ユウヒって名前聞いたらみんな、あの最強の、って言うんだけどな」

今はユウヒが最強だろうと、どうでもいい。

それよりも、どこかで会うことはあるかもしれないと思っていたシータと、選ばれた人間しか来られないはずの超上級ダンジョンで再会したことの方が、俺にとって驚きだった。

「シータってば、いつの間にあんなパーティに？」

「……アリアナも変に思うよな？」

たしか一月前には、ゼクトとともに、下級ギルドへの降格を言い渡されていたはずだ。

「おや、僕のメンバーの知り合いかな？」

俺たちの疑問の理由を知らないに違いない。ユウヒとやらが、涼しげに笑みを浮かべて首を傾げる。一見余裕そうに見せているが、不満を隠しきれていなかった。

自分が蚊帳(かや)の外にいるこの状況を、つまらなく感じているらしい。

「シータは僕の大切な仲間だよ。下級ギルドにいるには、もったいない人材だと、僕の部下がスカウトしたのさ」

なんとも嘘くさい笑みだった。

声をかけてきたのも、なにか裏があるのかもしれない。

警戒していたら、背後にいたマリアが俺の袖を握る。脱いだばかりの頭巾をまた被り直していた。

「ユウヒは、自分に従順な人しかパーティに加えないことで有名なのですわ」

どうやら、知り合いだったようだ。そのささやき声は若干、負の色を感じる。

「あまりいい噂は聞きませんの。問題行動は親がもみ消しているという話もありますわ……公爵家の次男ですのよ。テンバス家は今もっとも勢いがあります」

妙に詳しいなと思っていると、マリアが言葉を続ける。

「わたくしの元婚約者候補の一人ですわ」

なるほど、公爵家の息子なら、王女への婿入り話が出ることもあるだろう。それにしても、このマリアの態度だ。決して再会を喜んでいる風ではない……むしろ望んではいないようだ。

俺はマリアを隠すように、やや立ち位置をずらす。ユウヒの眉が、ぴくりと反応した。

「おや、その奴隷……」

じろじろとこちらを窺ってくる。

さすがは元婚約者候補だ。生涯を共にする可能性もあった女の人、それも王女の顔を覚えていないわけがない。

にわかに、窮地に立たされていた。有力貴族ならば、現体制側であってもおかしくない。マリアを処刑せしめんとする側の人間ということになる。だが――

「マリア王女に似ているね、金色の髪といい」

まさか本物とは思っていないようだった。

「マリア様、いやあの傲慢女がそんなみすぼらしい服着るわけがない。たとえ死刑囚になってもね。なにせ女のくせに、政策に口を出したりなんてしていたくらいだ」

「……なんの話だよ」

「いや、悪かった。ちょっと忌々しい顔を思い出してしまってね」

マリアを馬鹿にしたような言い方に、ややピリッとくるが、俺は自分を抑える。今大切なのは、誤解し続けてもらうことだ。

「まぁこんなところで人に会うこともあまりないからね。世間話だとでも思ってくれよ」

「じゃあ、こんな話はもうやめないか？」

「そうだね。利用価値がない人間の話はやめようか」

後ろでマリアの手が震えているのが分かる。ユウヒがせせら笑うので、俺はつい睨みつけた。

「なんだ、君。マリア派だったのかい？　それでその似た容姿の奴隷を連れてるわけか」

「……そうじゃない。人を馬鹿にする態度が気に食わないんだよ」

まずいと分かっていて挑発に乗ってしまった。

「君、僕に意見をしていることに気づいているかい？　それすなわち、この、僕率いる最強パーティと事を構えることになるんだよ」

下手な発言を避けるため、俺は押し黙る。

ユウヒは、その間を楽しむような愉悦の表情を浮かべた。そして、「やれ」と氷の声で命を下した。

仲間の陰から姿を現したシータが、躊躇なく魔法杖を振る。

いつかと同じ雷魔法によるベールだった。だが、今の俺ならば容易に避けられる。

「……タイラー、進化してる」

驚くシータの近くにいた仲間たちが、次々に魔法を放ってくる。

「当たり前だろ、それだけじゃないっての」

風魔法の神速を発動して、他のメンバーからの攻撃も全て左右に躱す。

「……なかなかどころか、君、べらぼうに強いな」

大将様たるユウヒに剣を、開始十秒で抜かせた。

俺が片刃の刀なら、向こうは両刃の剣だった。尺が長い分、リーチでは及ばなそうだ。

間合いが保たれる。

どうやらユウヒが使うのは、風魔法のようだ。手元で巻くそれは、かなりの威圧感がある。ならば、こちらも応じ方というものがある。

俺も風魔法を練り込んで、刀へと伝えた。そうしつつ、じりじりと寄り合っていく。

「ほう、面白いな、同じ魔法属性とは。では、居合といこうか。特別な技を使うのはなし。一回きりの勝負でいこうじゃないか」

「……その条件、呑んでやるよ」

まるで細い隙間に、糸を通すかのようだ。隙や思考の探り合い。

そして、両者、ほとんど時を違えずして、剣を腰から走らせた。

余計な魔法を使おうとするなら、そこにあるのは敗北のみ。つまり、戦術によるところは、まったくない。

純粋なる抜刀速度、そして威力による差。

それだけが反映される言い訳のしようがない一番勝負、コンマ一秒を争う次元の話だ。当然、決着がつくのも、一瞬となる。

金属がぶつかる鋭い音が、余韻を残してダンジョンに響く。残心をとって振り返れば、ユウヒの剣が折れたところだった。

カケラが宙を舞い上がって、奥を流れる地下水流へ。ぽちゃんと、真剣勝負の終わりを告げるように飛び込んだ。

紙一重ではあったが、こちらが勝ったようだ。

目の前のユウヒは物も言えなくなっていた。

形無しになってしまった剣を見つめて、腕を震わせている。

「……嘘だろう」

本当です。

「……ありえないよ」

だから本当だっての。

俺は呆れつつも、彼が困惑する様を眺めて、ため息をつく。

武器を奪ったのだ。もう相手に反撃の目はない。

そもそも、なにか大した用事があるわけでもなさそうだった。

初めて見るパーティがいるから絡んでみたというだけなのだろう。街中でたむろする荒くれ者が、見慣れない人にまずは喧嘩をふっかけるのに近い。

マリアの言う通り、ユウヒの性格には難がありそうだ。

そのマリアはと言えば、相変わらず地面を見つめたまま、呆然と立ち尽くしていた。

俺はその右手を掬って、しっかりと握った。あんな心ないことを言われれば、へこんでしまうのもしょうがない。

「アリアナ、行こうか。今日のクエストは探索することだぞ。人と決闘することじゃない」

「……うん。分かってるわよ」

ユウヒのパーティの横を通り過ぎていく。

あのさらさら髪のぼっちゃんには、謝罪の一つくらいさせてやりたかった。決して、自分の髪がうねるから嫉妬(しっと)して——ってわけじゃないよ？

マリアのためだ。ただ、それで彼女の気が晴れるわけでもないとは分かっていたから、やめにする。

最後に、困惑した様子のシータと、目がぱたりと合った。

『あたし、ここで死ぬわけにはいかないから』

あの時、彼女が去り際に告げた言葉がよぎる。

強い者の側にいることが、その意思表示になるのだろうか。それにしたって、人を見る目がないが。

「……気をつけろよ、そいつ」

俺はそう呟くが、シータからの返事はなかった。

彼女は首を前へ傾けていて、前よりも少し伸びたように思う紫の髪に隠れて表情は窺えない。

アリアナは、最後まで彼女を不安げに見ていた。

二人は会話こそ多くなかったが、女子同士、それなりに交流を図ってきたはずだ。地元の集まりにだってよく一緒に参加していた。

俺だって、幼馴染の一人だ。それを思うと、物寂しい気持ちになった。ただ、今さら仲間に戻ろうなんて、簡単には言えない。

大切なのは、かつての仲間より今の仲間だ。

一定の距離を置いてから、俺たちは地面に腰を落ち着ける。マリアは、崩れるようにしゃがんだ。よく今まで歩けていたな、と思うほどだった。

頭を覆ったベールを取ってやる。自慢のくるっと巻いた金髪は、押さえつけられたせいか、しぼんでいる。それが一層、落ち込んだ印象を見せた。

「……ソリス様、わたくしのせいで。すみません」

「いいんだよ、別に」

「そうよ」とアリアナも彼女を覗き込んだ。

「マリアがそんなんだと調子出ないわよ。あいつらが言うことなんて戯言よ、天下一品の戯言！」

アリアナらしい励まし方をする。

マリアはいつものようにとはいかないが、細かく笑った。しかし、すぐに口角は下がる。こりゃあ重症だ。

「……わたくしは傲慢だったのでしょうか」

「そんなことない……と思う。王女だった頃は知らないけどさ」

「いいえ、きっとそうなのですわ。偉そうに周りからは見えていた。まだ若いのに、女なのに、王政に口を出して、と疎まれていたんですわ」

マリアの目から一筋の涙が伝う。俺はそれをハンカチで拭ってやった。

「王女なんだから当たり前だろ。偉そうにしてないと威厳がないし。政治に口出すくらい、なんらおかしくないいんじゃないの」

「……でも」

「でもじゃないよ。それに、今のマリアは偉そうなんかじゃない」

じゃあなんだろう？　少し考えてみて、すぐにしっくりときた。

「普通の女の子だ。ちょっと上品で綺麗で、妙な趣味を持ってたりもするけど、普通の」

肝心な時の強気な態度や、能天気さは、王女たる所以と思っていたがそれだけじゃない。彼女だって、傷つく心を持っている。一人の少女に違いない。

ユウヒのように、自分以外の人間に価値がないとでも思っていそうな奴には、それが分からないだけだ。

えぐえぐ、とマリアは泣きついてくる。それが止むのを待ってから、俺たちは探索を切り上げることにした。

このまま超上級ダンジョンのモンスターたちとやり合うには、著しく士気に欠ける。こればかりはキューちゃんでも治癒できなかろう。

ギルドまで戻ってみれば、受付のお姉さんに呼び止められた。

「無事でしたか⁉」

青ざめた顔をしていたが、誰も身体の傷は負っていない。

「さっきユウヒ様のパーティが、大きなワイバーンに襲われて怪我をしたって帰ってきて……」

あの野郎。よっぽど自分の負けを認めたくなかったようだ。

それで嘘をつくなんて、器の小さい奴だ。

気分が落ち込んでいたところに、降ってきた思わぬ話。俺とアリアナは我慢ならず、腹を抱えて笑ってしまう。マリアもつられて、ふんっと鼻から息を噴き出していた。

それでいい。ありもしない悪口を言う奴なんて、笑い飛ばせばいいのだ。

積み上げてきた自信と誇りを失い、ユウヒ・テンバスは完全に鼻っ柱を折られていた。

「……あのタイラーとかいう冒険者、いけすかないな」

ギルドの者に聞けば、超上級までほとんど飛び級的にやってきたパーティらしい。その実力は折り紙つきで、上級昇格試験の際には最短戦闘時間を記録したのだとか。

世間の話に疎いユウヒは初めて耳にしたことだったが、その職員が興奮気味に語っていたのが、なお気に障った。

有力貴族の息子として生まれてから、二十年弱。

ユウヒは誰にも負けたことがなかった。勉学でも武道でも、常に一番上を走り続けてきた。

時には、周りからの忖度(そんたく)や、金の力によってその地位を得ていたのだが、彼自身はそれに気づいていない。

そうして積み上がったのは、自信と誇りではなく、似て非なるおごりだ。

それは、パーティメンバーが一人抜けたところで崩れない。

「あたし、このパーティ抜ける。あんなに簡単に負けるなんて聞いてないもん」

さっき、後衛での防御を担っていた女がこう言い残して去っていった。

強さと権力でのみ引き留められていたのだから、当然の結果である。しかし、ユウヒは苛立ちを止められなかった。

「僕の剣を折るだなんて……しかも、この僕がモンスターにやられた、って言い訳する羽目になったんだぞ！」

そう言ってユウヒは、実家であるテンバス家の広大な庭にて、握っていた酒瓶を乱雑に放り投げる。使用人なども控えていたが、誰もが素知らぬふりをした。

テンバス家で執務している人間には、この息子がどれだけ傍若無人か、すでに知れ渡っていた。それと同時に、彼が物に当たっている時は、近寄らないか、もしくはご機嫌を取るかの二択ということも心得ていた。

「ユウヒ様、大丈夫ですよ。このテンバ人家は、今や国を取り仕切る立場にあると言っても過言ではありません」

執事の一人が、こびへつらって言う。

少し誇張はあったが、事実である。

公的な場においては聡明な振る舞いを見せていたマリアを排斥し、従順である妹のノラ王女を次期王位につけんと策を講じたのは、テンバス家だった。

続けて、別の執事が進言する。

「仲間がお一人減ったくらい、家の話を出せば補充できますよ。ユウヒ様、わたくしめが連れてきましょうか」

「……シータを連れてきた時のように、その辺で素直そうなのを拾ってくるつもりか？」

しかり、と執事は頷いた。ユウヒは少し考えて、それを断る。

「いや、いい。次は、例の『運送業者』の中から適当なのを選ぶことにする。いくらでも替えがきく方がいい。別に僕が強ければ、他の面子は有象無象でも、最悪の場合、身代わり役になってくれれば十分だからな」

ユウヒの言う『運送業者』というのは、ゼクトが属する違法組織を指していた。

彼らと繋がりを持ち、警備隊の中に紛れ込ませているのも、テンバス家だ。この間などは政変に乗じ、ミネイシティにも、その運送業者が属する警備隊を配していた。

テンバス家はクスリや違法武器の生成と密輸、裏で法を犯すことにより、莫大な利益を得ているのだ。

腐りきった国の上層部。その上であぐらをかいているのが、ユウヒと彼の一族だった。

「タイラー・ソリス。ふんっ、次会ったら叩きのめしてやる」

ニタリと笑みをこぼすユウヒ。

決して、彼の剣の腕前は二流以下というわけではない。

幼い頃から、優秀な指南役をつけてもらっていたこともあり、実力だけなら、超上級ギルドの冒険者の中でも上位に食い込むかもしれない。

しかし、心が追いついていない剣は結局のところ脆(もろ)いと言えた。

四章　追放された全属性魔法使いは新たな仲間とともに

初の超上級ダンジョンでの探索を終えて、家に帰ってからのことだ。

「ソリス様、わたくしを、マリアめを正式にあなた様の奴隷にしてくださいましっ！　もうそれしかありませんわ！」

帰り道では全くなにも発言せず、深刻そうに歩道と睨めっこしていたマリア。そんな彼女の、帰ってからの一言目が、驚きのこれだった。

謎の宣言が、みんなで囲んだ食卓の上に響き渡る。

……どういう意味ですか、元王女様。

「なに言ってんだよ、マリア」

俺は、そう尋ねる。

マリアは熱っぽく、その美しい瞳を閉じて、力説しはじめた。

「今日、ダンジョンに入る時に奴隷のふりをしましたでしょう？」

たしかに、窮地をしのぐために演技をしてもらったが……

「それで色々と考えていて気づいたのですわ！　本当に奴隷となってしまえば、全てが解決するのではないかと！」

「……もしかして、さっき帰り道で考え込んでたのって」

「素晴らしい推理ですわ、ソリス様！　奴隷になった未来と、そうでない未来とを比べていたのですわ。そして色々と検討してみた結果……」

「その結論が奴隷かよ！」

「えぇ、完璧にそっちの方がうまくいくと思うのですわ！」

……なんだか心配して損した気になった。

だがたしかに、マリアの言うことも一理はある。

今日は咄嗟の機転でなんとか乗り越えることができたが、今後、本当に奴隷かと疑われることもあるかもしれない。そうなったら、王女と露見するのも時間の問題だ。

「奴隷になれば、わたくしが元王女と疑われることはまずなくなります！　まさか王女がそんな風になるとは、誰も思いませんもの。そうすればソリス様たちも安全になります。これで万事解決ですの！」

一気にそこまで喋って、マリアは俺の顔を伺う。

「わたくし、王女の地位にも名誉にもこだわりなどありません。守りたいのは、あなた方のような大切な人と、一緒に過ごす時間だけ……ですから、どうかソリス様の奴隷にしてくださいまし」

「……私も異論はありません。マリア様の言う通りに、よろしければお願いいたします、ソリス様」

サクラもマリアの判断を後押ししていた。

向かいの席に座る二人の目には、迷いがなかった。

「タイラー、いいんじゃない……？　この際さ」

「お兄ちゃん、マリアさんが奴隷になってもいじめないよね？」

アリアナにエチカも、マリアの意見を尊重する。

俺は、妹の言葉にはっとさせられていた。王女だからという理由で、彼女たちと付き合ってきたわけじゃないのだ。

ほんの少し、関係性が変わるだけである。周りからは、対等には見えなくとも、別に構ってやる必要はない。俺たちだけ分かっていれば、それでいい。

「当たり前だろ、なんだろうがマリアはマリアだ……よし、分かった」

それぞれ気持ちを整理してから、俺たちは準備に取りかかる。

奴隷契約は、口で言えばその瞬間に結ばれるような、単純なものではない。正式な形をとるには、一つ儀式を行う必要があった。

「なぁ、普通に背中だけ少しめくってくれればよかったんだけど……」

「あら、施術中に動いてしまってはよくないかと思ったのですわ。それにこっちの方が……なんだか少し興奮いたしますの」

ほんと王家の人間としてどうなんだよ、この趣味。マリアは上半身の服を脱ぎ、腕も足も縛り上げていたのだ。

「ほんとマリアって、変わってるわよねぇ」

刺激が強すぎるので、エチカは部屋に下がらせていた。

アリアナの若干引いた顔を横目に、俺はマリアの背に指を当てると、簡単な紋章を描く。

あとは、ここへ少しの血を流して終わりだ。血のやり取りは、もっとも直接的な魔力のやり取りとなる……らしい。もちろん、奴隷契約魔法など使うのは初めてのことだ。

「……熱いですわ」

マリアが吐息とともに漏らす。

俺は腰の刀で自分の指先に傷をつけ、再びそっと彼女に触れた。

魔力の籠もった血を譲渡するので、アリアナに魔力を渡した時と違い、拒否反応が出やすい。

だが、その魔力を受け手が身体の中に取り込むことで、奴隷契約が完了となるのだ。

「……あぁ、これで本当に」

マリアの背中に、朱色の紋が刻み込まれた。

王女の証たる紋と、奴隷紋。相反する二つの紋章が、一つの身体に備わった瞬間だった。

サクラに紐を解かれ服を正され、元通りに座ったマリアは背筋を伸ばし、恭しく礼をする。

「これからもよろしくお願いしますわ、ソリス様」

「……おう。変な気遣わなくてもいいからな、奴隷だからって」

「えぇ、ご厚意感謝いたします。そうですね、明日の朝も、しっかりいつものパンをいただきとうございます」

「いくつでも食べろよ。あれ、かなり安いけどな」

アリアナがくすっと笑う。儀式の時の、少し堅い雰囲気が和んだ。

「そういえば、サクラはどうなるんだ、この場合」

俺はふと思い至り問いかける。

「私はマリア様お付きのメイドでしたので、これからはソリス様にお仕えする形になるかと思います。もちろん認めてくださるのであれば」

「……仕える、ってやめてくれよ。んーと、じゃあ、雇うのはどう？　給金を出してさ」

「いえ、お金を貰うわけにはいきません。置いていただいている身ですし。では、私は住み込みの家政婦という形でどうでしょうか。夢を追って都会へ来たものの夢破れてお金がない、というていで」

「なんか、やけに具体的だな……」

まぁ、それくらい細かい設定があった方が、説明が必要になった時に困らなそうだ。

「ソリス様、それでその……」

と、マリアが上目遣いで俺を見てきた。

「どうしたんだよ」

「新しい名前をいただきたいな、と思ったのですわ。マリアという名前は、今の状況下で呼ばれると目立ちますもの。それに、奴隷たるもの、命名権は主人にありますわ」

難しい注文だった。キューちゃんの時みたく、特徴から名づけるわけにもいかないし。

「……えっと、じゃあ——マリ、とか？」

決して、適当に口にしたわけではない。

あまり大きく変わってもおかしいし、これまで王女として苦労を重ねてきた彼女の人生を否定するようで、憚(はばか)られたのだ。

「マリ……嬉しいですわ。マリ！　うん、実に素敵な名前ですの！　響きも抜群ですわ。あ。わたくし、いいこと思いつきましたの！」

「なにをだよ、マリ」

「うふふ、アの一文字はソリス様に進呈いたしますの！　受け取ってくださる？」

「えっと……いいかな」

さすがに、断ったよね、うん。

どこに入れても、変な名前になってしまう。

ちなみに俺が断った後、アリアナもなんとか貰おうと頑張っていたが、しばらく悩んだ末、辞退していた。

「アリアナア、アアリアナ……？　私、そもそも名前にアが多いのよっ！」

一人で真剣になっている彼女は、やはり愛らしかった。

というわけで、「ア」の一文字は取っておくこととなった。いつか、マリ自身に返してやれるように。


そして翌日。

俺はマリと二人で、ギルドに向かっていた。

今の彼女の見た目は、銀髪のおさげに眼帯。

髪は薬剤で染めた。

今までの、王女様らしい見た目からはかなり変わっている。

名前と身分を変えたとはいえ、堂々と街を歩くには、見た目も変える必要があるという話になり、契約の後にアリアナが色々と手伝ってくれたのだ。

「この髪色は、ソリス様的にはいかが？」

「あんまりよく分からないけど……いいと思う。銀色も似合ってるし、おさげの髪型も可愛いよ」

やっぱり元の素材がよければ、どう弄っても悪くはならないのかもしれない。

印象変更の監修をしてくれたアリアナの美的センスにも、感服するしかなかった。

「ほ、褒めすぎですわ。でも、隙間から見えるとはいえ、眼帯はさすがに慣れませんわね」

「だろうなぁ。大丈夫か？　人前だけでいいからな」

「お気遣い感謝いたします。問題ありませんことよ」

というか、銀髪眼帯のおさげの元王女様って新しくない？

世間一般の概念が変わりそうでさえある。こんな掛け合わせもアリかもしれない。

肝心の効果の方も上々だ。、通りを行く間も、まったく誰にも気づかれなかった。

「マリア様、どこに逃げたんだろうなぁ」

なんて世間話をしていた警備隊たちも、一切俺たちのことは気にしていない様子で、横を通っても何の反応もなかった。

周囲に気を配りつつ歩いていると、ギルドに到着する。

「マリの魔法練習に最適なクエスト、か。どんなのがいいんだろ？」

今日ここに来たのは、マリの特訓のためだった。

今回の変身で見つかりにくくなったとはいえ、万が一サクラの身元が割れた場合に、一緒に家にいると疑われることになる。

つまり家にこもりっきりというわけにもいかないので、今後は、ただの外出はもちろん、ダンジョンに行く時もマリを連れていく機会が増えることになる。最低限の自己防衛くらいは覚えてもらう必要がある、という話になったのだ。

その準備として、ギルドにも登録をした。ただ、奴隷は登録の有無が自由みたいで、主人の名前さえあれば、情報の提出も不要だそうだ。

「特訓といっても、わたくし、魔法を使ったことがほとんどありませんでして……あ、一応、家系的には光属性の魔力が流れておりますわ」

なるほど、王家らしい属性だ。

となれば、精霊使いだろうか。レベル1からとなると、低級の魂を操るくらいになるだろう。

……俺の召喚する精霊獣のキューちゃんは、たぶん超例外だ。あんな破天荒な感じでいて、精霊の中では唯一無二の力を誇っている。

「じゃあ最初はまず、採取ついでに弱いモンスターを狩ろうか」

「もちろん、なんでも従いますわ。奴隷ですもの」

「……じゃあ三回回って、ワン」

むろん軽い冗談である。

さすがにしませんわよそんなの、って返されるかと思ったら、マリは一瞬固まった後、なぜか瞳をキラキラさせていた。

まるで遊んでもらうのが嬉しい犬のごとく、俺が言った通りにその場で小さく回りはじめる。

「わん！　わん！　わん！　です、わん！」

せっかく王女と思われなくなったのに、お馬鹿さ加減が振り切れすぎて、ギルド中の注目を集めていた。

いたたまれなくなった俺はマリを止め、クエストを素早く決めると、ギルドを発つ。

今回受けたクエストは、テアニンハーブという薬草の採取だった。

快眠に効果がある代物で、上級ダンジョンの低階層のあちこちに生えている。

「見つけましたわ！　あれでなくて？」

そのためか、ダンジョンに入って早々、あっさり発見した。

ただ、テアニンハーブの前には、タイリクムカデという大型のモンスターが身体を丸めている。

上級ダンジョンに出てくる中では、かなりランクの低いモンスターで、しかも眠り状態だ。

マリの特訓にはお誂え向きの状況だった。

「ちょうどいい実践になるかもしれないな」

「……も、もしかして、あのうじゃうじゃした奴を倒すんですの……わたくしが？」

「あぁ、そうだ。なにかあったら助けるから」

「お、お願いしますわ！　妄想ではあんなのに襲われる場面を夢見たこともありますが、本物はさすがに……」

マリには、上級ギルドで調達した杉製の魔法杖を持たせていた。彼女はそれだけが頼りかのように、顔に寄せて握っている
……歪んだ彼女の性癖は聞かなかったことにしたい。

「見たまんま、真似してくれればいいから。右手で持ち手の上を持って、強く握り込む。それで魔力の流れが伝わるから。あとは、左手を添えていればいい」

俺は、説明しながら構えを見せる。

「こ、こうかしら？」

「惜しいな。手首がひっくり返ってる」

「分かりませんわ……その、手取り足取りご指導いただけると……」

恥じらいを隠しきれない顔でそう言われると、俺としても照れてしまうが、そんな場合ではない。雑魚とはいえ、一応モンスターの前なのだ。彼女にとっては恐ろしかろう。

俺はマリの後ろへと回る。右手で彼女の手の位置を調節してやり、背中をくっつけ、さらには腰に腕を回して――

「こ、これでだな、深呼吸をして心を落ち着ける。魔力が杖に伝わっていくように、細く細く尖ら

せるように」

「は、はいですわ！」

魔力がもっとも研ぎ澄まされるのは、精神が強固である時だ。

……だがよく考えなくとも今は真逆で、むしろ散漫になっているんじゃないか。

「余計なことは考えませんわ、わたくしはやれますの、やりますの」

しかし、マリは自らを鼓舞するように呟いた。

言葉通り、たしかに質の良い魔力が感じられる。

「エレメンタルプラズム！」

そして、手首を返して杖を振った。ぽわん、と光の精霊が一体飛び出す。俺が口を大きく開けばすっぽりおさまりそうな、小型のものである。

初級魔法・エレメンタルプラズム。召喚術で、煙のように尾っぽの長い精霊を呼び寄せる技だが……たしかに成功している。

精霊はマリの意思に従い、タイリクムカデへ攻撃を加える。効果は今一つのようだが、初めてにしては上出来だ。

「やりましたわ、ソリス様！　わたくし、魔法など初めて使いましたのに、まさか精霊を召喚できるだなんて」

「……マリの才能だろうよ」

「いいえ、ソリス様の教える才能ですわ。昔、こっそり練習しようとしたことはあったのですが、その時は何にもできませんでしたもの」

「いいから前見てろよっ」

目を覚ましたタイリクムカデが、光の精霊を退ける。

いくら格の低いモンスターとはいえ、さすがに初めて召喚する精霊よりは強かったらしい。

俺は少し考えた末に、手のひらを精霊へと向ける。

ギフト、と唱えて、マリの召喚した精霊に魔力を与えた。これは、精霊に自分の魔力を与えるものだ。キューちゃん以外で俺が光魔法を使うのは初めてのことだったが、うん、使用感は問題なさそうだ。

精霊は、その輝きを強めると、身体のサイズに合った小さな槍を生み出し、前へ構えた。再びタイリクムカデの胸元へ突きを入れる。

精霊が奥まですり抜けていったあと、タイリクムカデは地面に横たわっていた。

「マリ、ステータスを確認してみてくれないか」

俺は、彼女にこう確認する。

慣れないながら、彼女はボードを展開。すぐに、短い歓喜の声が上がった。

「わ、わたくし、レベル2にアップしたみたいですわ……！　ソリス様が倒したようなものなのに？」

「いいや、マリの精霊が倒したんだよ。きっとうまく魔力を使いこなせたんだ」

このくらいの敵が、最初の鍛錬にはちょうどよさそうだな。

それから一週間程度、マリのレベルアップのため、毎日のように低難易度のクエストをこなし続けた。

採取、討伐、清掃、探し物。あらゆるジャンルのものを受けていった。

そしてそれと比例するように、マリは精霊使いの腕をかなり上げていた。

「エレメンタルプラズム・改！」

これは、エレメンタルプラズムを複数召喚する魔法だ。

初めはごく小さなもの一体を操るのもやっとだったが、今や複数の精霊で連携を取らせることまでできている。

エレメンタルプラズムだけに一点集中し、磨き上げてもらうことにしたのだ。

先日は俺が力を貸すことで倒していたタイリクムカデだが、今は精霊たちがその手に持った槍で一斉に突くことで、楽々討伐できるようになっている。

「やっぱりソリス様の指導は素晴らしいんですわ。重ね重ね、感謝いたします」

彼女はそう言って、抱きついてくる。

色んなものが色んな場所に当たっているが、それにも慣れてしまうくらい、この一週間は二人で特訓を繰り返してきた。いやいや、俺の理性的にはやはりよろしくない。

「離れろよ、マリ。それにこれだけ早い成長は、やっぱりマリの才能があるからだよ」

「謙遜はよろしくなくてよ？　うふふ」

鈴を転がすように笑う彼女は、気品に溢れている。奴隷になったとはいえ、国宝級の愛嬌は健在だ。もう少し、自分の持つ魅力を自覚してほしいくらい。

「それはそうと、ソリス様の特訓はいかほどですの」

「あぁ。俺もレベル4だった風魔法が7まで引き上がったよ」

実を言うと、マリの特訓に付き合う一方で、俺は俺で自分に課題を課していた。

ここまでもっとも頼りにしてきた風魔法を、さらに鍛え抜くというものだ。

その進捗具合は、今のところ快調と言えた。より強力な魔法もいくつか扱えるようになった。

魔法レベルも、まだまだ上限が見える気配もないから、少なくともまだ強くなれるらしい。

どちらも、状況は悪くない。ならばそろそろ次の段階に移っていい頃合だ。

「マリ。今日は軽いテストで、イービルディア、倒しにいこうか」

「……えぇっと、鹿ですの？」

「そう。闇属性のモンスターなんだ。今のムカデよりは少しだけ強いけど、マリの光魔法と相性がいいから倒せるんじゃないかと……それで、これをクリアしたら」

「超上級、ですわね」

「あぁ。イービルディアを倒せるくらいなら、超上級でも最低限の自衛くらいはできるだろうし」

どうかな？　と、断る余地を持たせて投げかける。

「もちろん、やりますの！」

お嬢様らしからぬ、単純明快で勢いのある回答と気迫だった。

イービルディアは低階層で現れるモンスターの中では、軽いボスにあたる存在だ。ランクはＡ２。

基本的には住処の付近のみをうろつく習性をしている。それゆえに、場所は割れていた。

というわけでその場所へ向かうと、さっそく遭遇。

ヒィンヒィン、と甲高い声で鳴いたイービルディアは、いきなり、ツノを振りつつ突進してきた。

直接攻撃を食らえば、防具を割るほどの殺傷力を誇る。

「い、いきますわっ！」

マリはすぐにエレメンタルプラズム・改を発動し、一旦押しとどめる。

「足に魔力を、それでステップ！　でしたわよね。ソリス様」

そのうちに、横へ。ここまでは特訓の通りにできている。

が、すぐにイービルディアも首を捻り、次なる攻撃に転じてくる。前足を大きく上げて、精霊を踏みつけてこようとした。

手助けしたくてしょうがなかったが、それをどうにか堪えて声援だけを送る。

「マリ、絶対大丈夫だからな！」

「もっと、ですわ、ソリス様」

走りながら彼女が要求してきた。

「もっとお声をくださいましたら、必ず倒してみせますわ」

「……そんなことでいいのか？」

「えぇ、もちろん。恋する乙女は、愛しの人からの声援があればなんでもできるのですわ……いえ、奴隷ですもの。ご主人様のお声があればなんなりと。たとえば、俺のマリなら絶対にやれるさ、とか！」

マリは、精霊たちを操りながら、器用にも俺への要求を細かく掘り下げる。

赤面まちがいなしの台詞だが……彼女の力になるというなら致し方ない。

「お、俺の知ってるマリなら絶対にやれる！」

「もう！　余計な言葉を入れましたわね。もう一回お願いしますの」

「……俺のマリなら、絶対にやれる！」

やけくそになって叫ぶ。その途端、彼女の背中が煌々と光りだした。

「力が漲りますわっ！　これなら本当に！」

召喚者に呼応するかのごとく、精霊たちも輝きはじめる。一斉に、イービルディアに攻撃をしかけた。

腹の下にある急所を突いたらしい。後ろへひっくり返るようにイービルディアは倒れ、そのまま起き上がることはなかった。

「……ソリス様。わたくし、なにを」

「すげぇよ、マリ！　ほんとに勝ったんだ！」

「でも、なんで急にあんな……まるでソリス様が背中から乗り移ったような……」

そして、マリが閃いたように言う。

「きっと奴隷になった効果ですわ！　主人の声に、身体が反応したに違いありませんの！」

そう言われれば、自分の中の魔力が少し放出されている気がする。奴隷紋ってそういうものなのだろうか。

なにはともあれ、イービルディアを倒したことには違いない。

「合格、なのかな？　やるじゃん」

俺は、マリの頭を撫でる。満足そうに、頬をにまにまとさせていた。

そんな風に俺たち二人が喜んでいると、岩陰から黒い影が迫り寄ってくる。

現れたのは、公爵家の次男だという、ユウヒ・テンバスだった。

その後方には、パーティメンバーも一緒にいた。そしてやや陣容が異なるようだが、シータの姿も変わらずその中にあった。

ユウヒはひどく清潔に作られた顔を、汚い感情で歪ませ、ニタニタした笑みを浮かべた。

「よう、偶然だな」

「……なんのつもりだよ、お前」

ユウヒの言葉に、俺はそう返す。

こいつらは超上級ギルドのパーティだったはず。上級の高難易度クエストを受けるならば、ここにいる理由はあるけれど……少なくともこんな低階層には用などないはずだ。

「なんのつもりもなにも、僕たちもそのイービルディアを狩りにきたんだ」

「おいおい、超上級のお前がわざわざ狩りに来る相手じゃないだろ？」

ユウヒは答えず、不敵に笑って、ふとマリに目を留めた。

マリが一歩、俺の陰へと下がる。俺は腕を広げ、彼女を庇った。

「おや、随分素敵なのをお連れだね。この間の奴隷とはまた別の人と見受けるが」

「それがどうかしたかよ」

「いえいえ。前の方はマリアに似ているかと思ったけど……奴隷を取っ替え引っ替えとは、君もなかなかに卑賤(ひせん)な人間だね」

散々な言われようだが、俺が罵られる分には別にどうだっていい。

むしろマリの変身が彼女をよく知る人物からもバレていないことが分かり、一安心したぐらいだ。

といっても、目の色や佇まいは同じだし、よく見れば分かりそうなものだが……婚約者候補だったとはいえ、ユウヒは彼女にも関心がなかったのだろう。

とことん、その瞳には自分の姿しか映っていないらしい。

「一つ。取引をしないかい、ソリスくん」

どこまでも自分本位で会話を進める奴だ。

少し苛つきながら返答する。

「……突然なんだよ」

「イービルディア狩りなんて、実に些末なクエストだけど……それでも他人に先取りされたとあっては、我がパーティの名が汚れる。本来なら、直々に君を倒してでも、僕はこのクエストを達成したことにしたいんだ」

この好戦的な言葉で、俺はユウヒの目的に気づいた。

つまり、ユウヒは前に俺に負けたことを根に持っていて、なんとか因縁をつけて復讐の機会を狙っていたわけだ。なんと器の小さいことか。

「でも単に戦ったのでは、面白くない。そこで、どうだろう。その奴隷とうちのメンバーで一騎討ちというのは？」

「……なに言ってんだ。今はまだ修行中の身なんだよ、この子は」

「それを言い出したら、こちらも変わらない。君の旧知らしいシータも、実力はまだ上級ギルド冒険者未満程度。さて、どうだろう。面白いと思わないか」

「全く思わないっつの」

俺は、ユウヒを睨みつける。

どうにかしてマリだけでも逃すことができないか、と思っていたら、覚悟の決まった声が後ろから聞こえた。

「大丈夫ですわ、ソリス様。わたくし、きっとやれます」

マリは俺の背後から離れると、たしかな一歩で、ゆったりと俺の前へと出た。

俯けていた顔が、しっかり前を向いている。

「さて、奴隷がやる気を見せていますが？　主人はどうされますか」

俺は呆気にとられて彼女の背中を見る。声を潜めて、マリに尋ねた。

「マリ、無理してるわけじゃないよな？」

「えぇ、むしろ、燃えているくらいですわ。あんなの相手に、無理に笑って愛想を振りまいて、我慢ばかりだった昔の自分に、報いてやりたいのです。家のため、国のため、そんな風に言い訳ばかりしてた頃の自分に」

マリは、こちらを振り返り、ちょっと首を傾げて笑う。

その眼差しに、弱々しさは皆無だった。ただ力強く、そして揺るぎない。

「ソリス様のおかげで、わたくし身も心も強くなれましたわ。昔とは大きく変わったと、今は胸を張れます。ですから、ここはわたくしにお任せください」

マリの成長に、なんだか泣きそうになってきた。

少し前、全てを諦めて死刑執行を受け入れようとしていたり、暗い顔で下を向いていたりした彼女は、もうここにはいない。

必死に、過去の自分と決別しようとしている。

「……マリ。そういうことなら、思いっきりやってこいよ！」

ならば俺も、彼女を信じないわけにはいかない。俺はマリの薄い背中を、とんと叩いた。

それに、ユウヒの笑い声が重なる。

「ははは、受けてくれるみたいだね……シータ、前へ。こんな奴隷程度、すぐに打ちのめしてくれよ」

「分かった」

シータは、一切逆らうことなく頷いた。魔法杖を腰から抜いて、構えを作る。

彼女の戦法は長年見てきたから、把握している。けれど、口をついて出かける助言を俺は寸前で呑み込んだ。

あとは信じて、祈るだけ。彼女が窮地に陥ったら、すぐにでも助け出せばいい。

審判はあくまで中立は担保するという約束で、ユウヒのパーティにいた男が務めることとなった。

そして、戦いの火蓋が切られる。

「……負けない」

まず先手を取ったのは、シータだった。戦いへの慣れ方はさすがである。

「……サンダーエフェクト」

まっすぐに、電気を纏った球が、マリ目掛けて打ち込まれる。

しかしマリはそれを回避すると、魔法を発動する。

「エレメンタルプラズム・改！」

精霊たちが、攻撃へと転じる。

正面から槍を突いたり、後ろから弓を放ったりと、それなりに連携を取って戦っている様子だった。有効打こそ少ないが、太刀打ちできないわけでもない。

続いてシータは、薙ぎ払うように、またしてもサンダーエフェクトを放つ。

「もう、決める」

雷撃の色が、黄から赤に転じる。あれは……シータにとっての切り札だ。

ギアを一つ上げた連弾がマリを襲う。一緒にパーティを組んでいた俺は、その威力をよく知っている。

マリは、精霊のうち身体の大きな一匹を対処にあたらせた。

「まだ力に満ちてますわっ！」

どうやら、まだ俺の魔力が宿されているらしい。信じる心が届いたのだろうか。

サンダーエフェクトを砕き、霧散した魔力を精霊が吸い込んでいた。あんなこともできるのか。

シータに生じた戸惑いを、マリは逃さなかった。すかさず後方の弓部隊が攻撃態勢へ。

俺は唾を飲んだ。

矢の先端には、眩い光の繭がついている。

きりきりと弦が引き放たれたそれは、直前で反応を見せたシータの頬を掠めて空中でほどける。

きっと魔法の練度が足らず、失敗してしまったのだろう。

惜しいが、仕方ない。まだまだこれからだ。そう思っていると、シータが膝から崩れ落ちていた。

「嘘、なんで……力、入らない」

呆然とした顔で、彼女は己の足元を見つめている。落としてしまった杖が俺の足元まで転がってくる。

「勝った、勝った？　勝った！　ソリス様！　やはり愛の力です！」

ダンジョンに、マリの声が響き渡った。

マリが飛び跳ねて、俺の元へ帰ってきた。

満面の笑みが浮かぶ元王女の顔とは対照的に、現有力貴族様のユウヒは呆然とした表情を浮かべる。

「……勝負ありだな、ユウヒ。これだけ明白なら、審判なんて関係ないだろ」

「くっ、なぜ奴隷なんかに負けるんだ、シータ！　それもこんなに瞬殺で⁉　ありえないにも程がある！」

「うるさいからあんまり吠えるなよ」

誰がどう見ても、こちらの完勝だ。変な難癖をつけず、大人しく引き下がってもらえないかと思うが……この我を忘れた状況では無理だろう。

「……腹が立ってしょうがないな、君には！　こうなれば僕が力ずくでやってやろうじゃないか」

「ほんとはメンバーを盾にせず、最初からそうすべきだったろうけどな」

「うるさい！　成り上がり冒険者の分際で僕に意見をするな！　僕が誰だか知らないのか」

ユウヒは苛烈に言い放って、腰の剣を抜き放つ。

それはよく砥がれていて、立派な名刀であるのが一目で分かった。

折ってやったばかりで、すでに新品の高級な剣を提げているとは、やはり公爵様の息子は違う。

「来るなら来いよ！　返り討ちにしてやるよ」

今度は、俺が修行の成果を見せる番らしい。

「ふざけているのかい。なめた口を聞きすぎだ……！」

一切の躊躇いもなく、刃が振り上げられる。瞬間、肌を強い風が突き刺した。八方から圧を感じる。

周りの砂粒が、宙に巻き上げられていた。

「その身でとくと味わうがいいさ、インフィニットソニック！」

白い波動のようなものが視界の端をよぎったのは、ほんの一瞬だ。

知らない技だったが、魔力の流れさえ感じ取れれば、備えることができる。

さっきの軌道も俺を狙ったものではなかったし、狙いは俺一人だけではないらしい。

「危ないっ！」

マリを抱え上げると、俺は後方へと一旦下がる。

「ソリス様！　大丈夫ですの？」

「あぁ、まぁ見ててくれよ。俺だって、マリと一緒に修行してきたんだ」

風の刃が飛んできたのは、奥の通路からだった。

さっきユウヒが剣先をわずかに操作した時、あの波動が起きていた。おそらく、一定範囲の任意の場所から風の刃を放つ魔法だろう。

つまり注視すべきは、ユウヒの動きだ。

また同じ波動が、今度は多角的に俺たちを刺しにくる。

——否、乱雑に振りまいているようだな。ユウヒの動きはまるで、餌に食いつき釣り上げられ、踊り狂う魚のようだった。無駄な動きが多い。

「ユウヒさん、なにをしているんですか！」

「ご乱心だ〜」

それは俺やマリだけではなく、ユウヒのパーティメンバーをも巻き込んでいた。矢の降り注ぐ戦場のような光景である。

「おい！　大事なパーティなんじゃないのか！」

「これしきで潰れるなら、替えを用意しないといけないねぇ！」

ユウヒとて、仮にも超上級への挑戦を許される冒険者。

メンバーがいかに高いレベルだろうが、全てを避けるのは無茶な要求だ。実際、ほとんどのメンバーがなすすべなく頭を抱えてうずくまっている。

俺はといえば、見切れなくはないな、と思っていた。

たしかに素早いが、大技だけに隙もある。

俺は唇を舐めた。少し、塩っぽい。汗だろうか。武者震いが足裏から駆け抜けた。

相手にとって不足なし、なのだろう。

いい緊張感だ。刀が、脈打っているようにさえ感じられた。

俺はにやっと笑い、そして前へと打って出る。

「みなさん、大丈夫ですか！」

まずは、人の安全を確保するところからだ。迷った挙句使ったのは――

「インフィニットソニック……！」

ユウヒと同じ魔法だった。

使ったことはなかったが、ある程度は見て盗める。それに、風魔法は俺の鍛えてきた属性でもあった。

俺はユウヒが生み出す風の刃の位置を見極め、相殺するように風の刃を放つ。

魔法が打ち消し合い、そこら中で弾ける。

「君、な、なぜそれを使える⁉」

吠えるユウヒ。

そのうちに俺は、光魔法のライトニングベールを発動した。

人が散っていたため、無駄に大きな囲いとなったが、仕方ない。

「……タイラー、なんで私も守るの？」

尻餅をついたままだったシータは、首を捻っていた。

「今は敵とか味方とかないだろ。あいつの暴走止めないとだし」

「ソリス様、さすがですの！」

マリが褒めるが、さすがにこの状況では取り合っている余裕はなかった。

ふと、横殴りの風がベールにあたっているのを感じた。攻め手を変えてくるようだ。

「こしゃくな真似をするね、タイラーくん」

「うるさいよ、お前が周りを巻き込むからだっつの」

俺はベールから出て、ユウヒを見据える。

さて、どう料理してくれようか。

腕が鳴る。風魔法には、風魔法で。そう決めていた。

よし、これだな。

俺は刀を地面に突き刺す。

練り込んだ魔法で作り出すのは、竜巻だ。激しく空気にうねりを与え、極点的な上昇気流を生み出す。

「な、なにをするつもりだい」

「見てのお楽しみだよ」

ユウヒが攻撃を繰り出す前に、空気の渦がその範囲を広げていく。

必死に叫んでいたマリの声が耳に届かなくなった。でも、大丈夫だ。胸の内には、しっかりとこだましている。

「なっ、なんだ、この魔力は！　うわ、身体がっ！」

ユウヒは高速の気流に巻き込まれ、剣を手放す。風圧が強く、抵抗できなかったらしい。

彼はもがくけれど、そのまま上まで突き上げられて、ダンジョンの土っぽい天井にぶち当たる。

「まだこんなもんじゃないからな」

さて、ここからが本番だ。風魔法が強化されたのだから、以前使ったこの属性も強化されているのだ。

「……アイスバーグ！」

そう、水と風の融合によって生み出された氷属性魔法である。

急速な冷気に、風が下から凍りついていく。ユウヒの喚（わめ）く声が、高いところで響き渡り、俺の耳に届いた。

――そしてユウヒは、そのまま氷の塔の頂点で固まった。

叩き砕けば、ユウヒがあそこから落ちてしまう。そして真下にあるのは、彼が落とした剣だ。柄が上を向いているとはいえ、内臓くらいは抉れるだろう。

だが、俺もそこまで鬼ではない。

それに、あのまま塔のてっぺんにいるのも、貴族らしくてお似合いだろう。


戦いを終え、俺とマリは、ユウヒのパーティメンバーとともにダンジョンの外へ出た。

さすがにあのまま放置するわけにもいかず、氷漬けから解放してやっても、ユウヒは気絶したままだった。

「……今回ばかりはもう付き合ってられない」

「いくら公爵家に取り入るためだからって、こんなの命がいくらあっても足りないよ」

パーティメンバーとしての義理なのだろうが、ユウヒを背負って帰った面々は、こう口々に匙を投げていた。

今回の一件で懲りたようだ。

さすがに大事だったので、俺たちは事情聴取を受けるため、彼らとともに、ギルドの受付前で待たされる。

「……なんか、やけに見られてるな」

「ふふん、わたくしは慣れてますわよっ」

「まぁ、マリが胸を張れるようになってよかったけどさ」

注目されている理由は、メンバーに背負われたままぐったりしているユウヒのせいだろう。

目を閉じていれば、いい家の人間だけあって目鼻立ちのはっきりした顔をしていた。

しかし戦闘中に彼が言っていた、仲間を捨て駒とみなすような発言は、聞くに堪えなかった。

しばらくして、受付奥の部屋に通される。

ユウヒのパーティメンバーらとともに、ありのままの出来事をギルド職員に伝えた。

証言は十分に揃っていたはずだけれど、良家の人間だけあって、ギルドの人間だけで処遇の判断をするのは難しいらしい。

ひとまずユウヒの身を引き取ってもらい、ラウンジに戻った。

「テンバス家は、いまや超有力貴族ですわ……そう簡単に処分とはいかないですわね」

「そういうもんか、権力って」

「ですわね。善悪じゃ片づかない部分がありますのよ」

政局に関してなど、もはや雲の上の話にしか思えないが、言いたいことはなんとなく分かる。

モヤモヤは残るが、ひとまずそれはそれとして受け入れるほかない。

それよりも、俺にはもう一つ気になる問題があった。

「……あいつ、どうすんだろ」

シータだ。

他のメンバーは「辞めてやる！」「俺も！　今日はやけ酒だ！」なんて言いつつ、街へと消えていったが、彼女は一人、隅の長椅子に座り込んでいる。

「ソリス様、お声がけされますの？　あの方、たしか昔のパーティメンバーの方ですわよね」

「そうだな、裏切られたって言えばいいのかな……」

結果的に見捨てられたのには違いない。けれど、彼女は「死ぬわけにはいかない」と言っていた。

なにか理由がありそうだ。その点は、俺を蔑んでいたゼクトと異なるのかもしれない。

そう思うと、どうにも憎みきれず、むしろ心配に思うくらいだった。

「声かけたりしたらさ。甘いって思うか、俺のこと」

「うふふ、少し思いますわ。でもソリス様……いえ、ご主人様らしいとも思いますわ」

「と、唐突なご主人様呼びは心臓に悪いから！」

俺が、銀髪おさげで眼帯好きなら確実に落ちていた。キューちゃんに言われるのとも、また別の感覚がある。

「まぁでも、ありがとうな。おかげで吹っ切れたよ」

俺はそう言ってマリの横を離れ、シータの前へと立つ。

彼女の小さな顎が、つっと上向いた。

「ユウヒのパーティだけはもうやめとけよ。危険だって今日で分かったろ」

つい、ぶっきらぼうになってしまった。一緒にいた時間が長かろうが、久しぶりのまともな会話というのは、どうもむず痒い。

「……うん……タイラー、その、色々とごめんなさい」

「心当たりがありすぎて、どれのことか分からねぇよ」

冗談まじりに言ったつもりが、彼女は表情を変えない。笑わせようとして、昔から何度失敗してきたことか。だから、今さらこれくらいでは折れない。

「あのな、別にあの時のことは……まぁそりゃ心から許せるほど聖人じゃねぇけど。でも理由があったなら仕方ないと思ってるよ」

「……タイラー、相変わらず」

褒めてくれてるんだか、貶されてるんだか。

「なにかあるんだろ?」

できるだけ、友人のように振る舞い、シータに尋ねる。

彼女は少し考えた後、目を伏せて訥々と語った。

「私の一族、絶滅しかけているから、生きなきゃいけないの……助けてくれたお礼に教えるけど、ここだけの話、実は、私の家は闇属性の血、引いてる」

驚きの一言だった。

「でも雷属性の魔法使ってたんじゃ……」

「最近はそうやって他の魔法属性を使って紛れてる。どういう原理、とかは言えない。今の、誰にも言わないで」

シータはそれだけ言うと、俺の横をすり抜け去っていった。

「ごめんなさい、それから、ありがとう。稼ぐには冒険者しかないって思ってたけど……違う道も考えてみる」

去り際、ぼそりとそう言った。

闇の属性魔法を使う血筋はほぼ存在しないと言われているが……シータの言葉を信じるなら、社会から隠れるようにして細々と血を繋いでいるらしい。

その種族は、俺のように、多属性を使えるのだろうか。疑問は尽きないが、すぐ答えを知れるものでもないし、シータを問い詰めようとも思わない。

「お話は終わられましたの、ご主人様」

「だから、その呼び方恥ずかしいっての！」

あと、またしてもめっちゃ見られている。うわー奴隷に主人呼びさせてるよ、と呆れる声も漏れ聞こえてきた。

別に変態じゃないからな⁉　強要しているわけでもない！

そう叫びたいくらいだったが、これ以上目立ちたくなかったので、極力静かにギルドの門を出た。


家に着き、扉を開けると、顔を真っ赤にしたアリアナが玄関先で迎えてくれる。

「タイラー、私のことほっときすぎじゃない⁉」

……どうやら相当お怒りのようだった。

「わ、わたくしは、先に紅茶でも飲んでますわね！」

マリが自分は関係ないとばかりに、そそくさと家の奥へと入る。

しかし俺は解放してもらえず……

「タイラー、私のこと忘れてたでしょ!?」

アリアナは、この台詞を計五回繰り返した。似たような意味合いのものを入れれば計十回だ。

俺はいまだに玄関先から進めず、通せんぼを食らっていた。

「そんなわけないだろ……？」

もちろん忘れてなどいない。むしろ片時も彼女のことを思わなかったことはない。彼女に貰った指輪だって、ちゃんと嵌めている。

ただまぁこのところ、マリにかかりきりになっていたことは、否めない点であった。

「そりゃあ？　マリを鍛えるために、二人でダンジョンに行かなきゃいけないのはぎりぎり分かるわよ？」

「そ、そこは分かってくれてるんだな」

「当たり前じゃないっ。ぎりぎりだけど。でも、家でまで、『明日はマリにこのクエストを～』とかって頭いっぱいなのは、私、どうかと思うの！」

アリアナは腰に手を当て、顔を突き出してくる。

俺は思わぬ急接近に思わず顔を逸らして、玄関先に据えた観葉植物に目をやった。

「こ、これ、いつの間にか、いい感じに成長したな？　もう蕾になってるし」

「私が、水やりしてたからねー。タイラーがマリで頭いっぱいの時」

「あー……えっと、ありがとうな。その、いつ花咲くのかな。俺もちゃんと世話したいし」

「さぁ、それは分からないわよ。いつか咲くんじゃないの。タイラーがマリで頭いっぱいの時とか」

もはや何を言っても、お決まりの語尾がついてるんだが⁉　目は光がなくて怖いし。

かと思えば、彼女はぺたんとその場で女の子座りになった。

「……とりあえず。おかえりなさい」

「た、ただいま」

許しが出たのだろうか。俺はいそいそと靴を脱ぐ。

しかし、アリアナは石像か の如く、その場から動かない。

すると突然、パッと大きく両手を広げ、はしっと俺の足に絡みつく。そのままよじ登り、下から潤んだ瞳で見つめてきた。

俺は、どうしていいかよく分からないながら、その蜜柑色の髪に、手を乗せる。

一応満足したのか、回った腕がゆっくり離れていき、アリアナは膝立ちのまま、居間の方へと下がっていく。

けれどその後も、アリアナはどうも歯車が狂っていた。やけに明るくなってみたり、一転、いじけてみたりと感情の起伏が激しい。可愛いのだけど、困ったことになった。

全員が集合していた居間にて、俺が密かに悩んでいると、サクラが唐突に俺との距離を詰めてきた。

相変わらず、行動が予測不能なメイドだ。どきりとしていたら耳打ちされる。

「アリアナ様は、ずっとソリス様を待たれていましたから。日がな、落ち着かない様子でしたよ。これまではほとんど離れることもなかったのでしょう？」

そう言われれば、この一週間は近年でもまれなくらい、アリアナと過ごした時間が短かったかもしれない。

「退屈そうにされておりました。魔法の特訓に行く、と一人で出かけられたことも何度か。置いていかれたくない、とおっしゃっていました」

「置いていく、ってそんなの、今回くらいの話で」

「今回に限った話ではなく、レベルのことをおっしゃられているのかもしれません。かなり差が開いている、とアリアナ様が呟いていました」

それを聞いて俺は少し納得する。

一人の時間が増えたことで、この先自分が役に立たないのではないか、とか考えたのかもしれない。

「役に立たないわけないのに」

なんなら、そこにいるだけでも俺の原動力になったりする。けれど、彼女が求めているのはそれだけではないのだろう。

「努力を惜しまないアリアナなら間違いなく、この先、もっと強くなっていくと思うけどなぁ」

「言葉にして、行動で示さなければ伝わりませんよ、ソリス様」

「……格好いいこと言うのは、得意じゃないんだって」

キザな言葉は、むず痒くなってしまう。俺が渋っていると、再びサクラが耳打ちしてきた。

「一つ、耳寄りな情報をお教えしましょうか、ソリス様」

「……えっと、どんな？」

「こんな時にぴったりの作戦がございます。メイドの間でもつねづね噂になっておりました。知りたいですすか」

サクラは、少しもったいぶる。俺は、まんまと乗せられて、なんだよ、と聞き返す。

全く抑揚のない声で伝えられた。

『お買い物でえと』と。

……新手の暗号かと思った。


そして翌日、俺はアリアナを誘って、ミネイシティの中心街へと出た。

「タイラーとお出かけ！　久しぶりの二人きり♪」

もちろん念には念を、と家の安全策をばっちり整えたうえで、だ。

ちょうどいい機会でもあった。家全体だけではなく、扉や小窓にもしっかりと防御の魔法をほどこし、より警備を強固にしたのだ。魔石による防御とは、範囲も、強度も違う。

あらゆる侵略に対応できるよう、全属性分を駆使したのである。

もし万が一、誰か敵意を持つ人が現れようものなら、それを追い払い、かつ俺に信号が飛ぶようになっている。いざとなれば、現場も確認できる代物だ。

「ほんと防御魔法って便利なのね。すっごい助かっちゃった」

「まぁ、人に直接かけられないのは難点だけどな。どうせ保険だ。もうマリが襲われることもないだろうし」

街中でも、元王女マリアの処刑話は、すっかりネタとして冷め切っているようだ。

まったく見つからないため、どこかで蒸発したとでも認定されたのだろう。

「そっちじゃないわよ」

「じゃあなんだよ？」

「ふふっ、タイラーと二人の時間も取れるってこと。私にとっては、すごい大切なことなんだから！」

アリアナは、たぶん今までで一番幸せそうに笑って、俺の手を取った。なんて破壊力だろう。

その笑顔にあっさりやられて、自分の頬が熱くなるのが分かった。

そして、「とことん付き合ってもらうよ」と言うアリアナにまず連れていかれたのは、魔法アイテム商店だった。

てっきり裁縫などの趣味のお店を覗くのかと思えば、がっつりダンジョン関係だ。

「最近、弓の持ち手のところがちょっと擦れてきちゃってさ」

……やっぱり、俺とのレベルの差が開いたことを気にしているのだろうか。

そう思ってアリアナを見ていると、そのうち彼女は、どんどん弓の世界へ没頭していった。

妥協しないこだわりも彼女は持ち合わせているため、しばらくかかりそうだ。

せっかくだし、と俺もめぼしいものを漁ることにした。刀に関連するものも多く、目を引かれる。

昨日は最後に余計な邪魔が入ったが、マリの特訓も終了したことだし、明日からは、いよいよ超上級ダンジョンに臨むつもりだ。

これまでより強いモンスターに出くわすのはまず間違いない。パーティの三人が最大限に力を発揮するためのアイテムがないか、と考えて、周囲を見回す。

「あ、タイラーもこれ気になった？」

「アリアナも、か。ちょっと面白いな」

二人の手が重なったのは、同じ魔法腕輪の上だった。ヒスイの腕輪というらしく、淡い緑色をしている。

三人パーティ用にセットで売られていた。直接触れずとも魔力を集約できたり、集めた魔力の量を増幅したり、なんてこともできるらしい。

考えることは一緒だな、と二人して笑い合う。

「……昨日はごめんね、変な風になっちゃって。悪かったわ。私、絶対足手纏いにならないようにする。だから、これからは三人で頑張ろうね！」

少し真剣な眼差しになって、アリアナが言う。

それが、色々と考えた末の彼女なりの結論だったのだろう。昨日は少し照れ臭いなと思ったものだが、いざとなれば俺も迷わず即答できた。

「足手纏いなんてなるとも思ってないよ。アリアナのいないパーティなんて考えられないし」

仲間を大切にするのは、ソリス家の家訓でもあり常識でもある。不要だなんて思うことは決してない。当然、誰かを見捨てたりもしない。

どこかのエセインテリや、貴族のおぼっちゃんは反面教師だ。

「タイラー……！　待って、その言葉嬉しすぎるかも、どうしよ！　え、どうしよ!?　顔が熱いよ!?」

「……えーと、とりあえず、これ買うか？」

「あ、そうだった。うん、そうしよっ」

絶対にほどけない絆の証としても、俺たちのパーティにこの腕輪はちょうどよさそうだった。

他にも様々なものを買って、『でえと』が無事に終わる。

帰ってきた俺たちを見て、サクラが少し微笑んでいた。もしかすると彼女は、アリアナの今日の行動を見通していたのかもしれない。メイドというより、策士だ。

「サクラ、ありがとな」

俺はまず、彼女に礼を述べておいた。

それから、さっそく腕輪を三人で装着する。

「うん、格好いいよ、タイラー！　腕輪、似合ってるね」

「たしかに、腕がより引き締まって見えますわね！」

「そう言う二人も、いい感じだな」

目配せをし合ってから、自然に、三角に手首を寄せ合う。

「タイラー、まとめてよ。パーティリーダーでしょっ」

そうアリアナが言うので、俺は少し考えたのち、口を開いた。

いよいよハオマ探しに乗り出せるのだと思えば、心が高まってきていた。

「……エチカのためにも、俺は絶対やる。超上級ダンジョンだってなんだって攻略してやる。だから、力を貸してくれたら嬉しい！」

「えぇ！」

「もちろん！」

やる気は、最高潮に達していた。

このメンバーならどんな困難も乗り越えられると、みんなの表情を見て俺は確信した。

「くそ、どうして……」

二度目の敗北だった。

その受け入れがたい結果を、ユウヒは自室に引っ込み、一人、噛み締める。

今度の負けは、完膚なきまでの敗北だった。

姑息な手を使い、ろくに魔法を扱えぬ奴隷に仲間をけしかけてまで、惨敗したのだ。以前より、精神的な傷は深かった。

悔しさから、ガラステーブルに拳を落とす。

衝撃音が響く中、不意に扉がノックされた

「入れ」とぶっきらぼうに応じれば、執事が現れ、言いにくそうに告げる。

「先ほどパーティメンバーの皆様から、辞められる、という申し出があったゆえ、ご報告にまいりました」

「……どいつがやめた？」

「ですから、皆様です。全員がお辞めになると申されて……」

まさか、そこまで人望を失うことになろうとは思いもよらなかった。

「……もう、いい。そんなことはどうでもいい！　代わりはいくらでもいると、前も言ったはずだ！」

ユウヒは苛立ちをあらわにする。それに構わず、執事はあくまで事務的に続けた。

「それから、お父様がお呼びです。隣の部屋でお待ちになっておられます」

「そうか。お父様が……！」

ユウヒの脳裏に、一筋の光が差した。

邪(よこしま)にもほどがある作戦だが、ここまできたら体裁など構っていられない。

あのままタイラーたちを好きにさせるのでは、腹の虫が治まりそうもなかった。

「早急に足を運ばれるよう、とのことでした」

「分かった、すぐに行くよ」

執事が下がった後、少しの余裕を取り戻したユウヒは立ち上がった。あの氷魔法の効果か、まだ少し足が痺れる。

足を引きずりつつも、執務室まで移動する。

「ユウヒ、今回の件だが……大丈夫だったか」

待ち受けていたのは、テンバス家当主、テトラ・テンバス。まだ若く、その顔は濃い黒髭に覆われている。

汚い金に手をつけ、事業に足を突っ込み、一代にして家を公爵という立場まで引き上げた悪徳貴族その人だ。

しかし反面、彼はユウヒに甘いところがあった。

昔からユウヒがなにか粗相をすれば、すぐに揉み消してきたのは、彼だ。

ユウヒはその事実こそ知らないが、父が自分の言い分を疑わないことは理解していた。

「はい、お父様。今回のダンジョンでの騒動は、その、少し油断をしまして。あのソリス家の息子が姑息なことを！」

話をでっちあげ、自分の意図する方へ誘導していくユウヒ。その結果——

「……そのパーティの超上級へ行く権限を取り上げるよう、ギルドに伝えてみよう」

出た答えは、ユウヒの望んだものだった。

ユウヒは口元を隠して、にちゃりと笑みをこぼす。

まったくいい気味だと思った。

……絶対に、やり返してやる。そのお門違いな思いだけを持って、ユウヒは父に礼を言い、部屋を後にする。

本当ならば今すぐに、直々にあの憎きタイラーを倒してしまいたいくらいだった。

ただ、このままやり合えば、再び負けるのは目に見えている。

ならば、秘策に打って出るまでである。

家紋であるカエデの葉が特徴の戦闘服を羽織って、外へ出る。ままならない足取りながらユウヒが向かったのは、子分たる運送業者らがたむろする路地裏だ。

そこには、ゼクトもいた。政変により、警備隊の多くがテンバス家の息のかかった人間になったことで、再び解放されていたのだ。

「これからパーティメンバーを募集する！　僕と一緒に来たいなら、今しかないぞ！　……それから君たち、アレ持ってるよな？」

夕暮れ時、日が海の彼方(かなた)へと沈んでゆく。

行く末が夜より深い闇の中だと、彼らはまだ知らない。

「な、な、超上級ダンジョンへの入場権利を剥奪(はくだつ)？」

飛び込んできた驚愕の知らせに、俺、タイラーはギルドのカウンター越しに、つい身を乗り出してしまった。

アリアナ、マリと決起した翌日のこと。

受付のエルフさんは、申し訳なさげに眉尻を下げる。それから、「ここだけの話ですよ」と声をひそめた。

「この間、テンバス家のユウヒさんとやり合ったんですよね？　どうもその関係で、上からの圧力が働いたみたいで。私も正直、あの人、気にくわないんですけどね」

……なるほど、あの坊ちゃん。いよいよ親に泣きついたのか。

「だったら、どうにかならないんですかっ！」

アリアナも加勢してくれるが、お姉さんの力で覆る内容ではない。

「す、すみません。こればっかりは」

ひたすら謝る彼女の姿に、こちらも申し訳なくなってしまう。

とはいえ、念願の超上級ダンジョンへの入場権だ。

厳しいと分かっていても諦めきれずにいたら、カウンターの奥から、のれんをよけて手招きをする人の姿が見えた。

「ソリス様方、こちらへ」

貫禄ある白髪の老人。かつて俺たちを超上級へ導いてくれた、サラーさんだった。あの時と同様に、別室へ連れて行かれる。

「マリア様の件、とても残念でしたね。まさかあの日お会いしたのが最後になるとは、私もとても悲しいです。下の者にまで目をかけてくれる素敵な王女様でしたのに」

サラーさんは、沈痛な面持ちで消え入るように言う。

死人を悼むかのようだが……実は目の前にいたりする。思わぬ形で聞く本音に、マリは少し照れた顔になっていた。

「それで、サラーさん。ご用件は？」

「あぁ、そうでした。ここだけの話ですが。超上級ダンジョンへ通すこと、可能ですよとお伝えしたく、呼び止めさせていただいたのです」

三人揃って、えっと思わず声をあげる。

「私は元ギルド長。政変で立場を追われましたが……まだ慕ってくれる者も多くいる。それこそ、今のギルド長も、実はその一人です。根回しをすれば、無理な話じゃない」

そこまで言って、「ただし」とサラーさんは言葉を加える。

「ユウヒ様が行う予定だった、上級でのクエストの代役をどうかお願いしたいのです」

「えっと、代役？」

「はい。実は今回の騒動はとあるクエストの途中だったんですが……ユウヒ様にはそのままクエストを放棄されてしまって、しかし他に頼めるパーティがおらず困っているのです。できれば、どうにか代わりをお願いできないかと」

サラーさんの話によれば、緊急を要すると伝えていたのに、一週間近く放置していたそうだ。そのくせして、俺たちの邪魔をしていたのだから、しょうがない奴だ。

「それで、いかがされますか」

「もちろん、やります！」

俺の言葉に、二人も賛同してくれた。

そのクエストの内容は、「上級ダンジョン最奥地に広がる森の、実地確認と整備」というものだった。なんでも、明らかな異常が検知されているそうだ。

しかし、どのパーティも、そもそも森までたどり着くことすらできていないらしい。

そんないかにも危険そうな依頼をこなしに、俺たちは上級ダンジョンへ向かうのだった。


「さすがに、超上級ギルドのパーティに任せる任務だけあるわね……」

「こ、こ、こんなにたくさんモンスターがいる場所もあるのですねっ」

あまりのモンスターの多さに、アリアナもマリも悲鳴をあげている。

これだけいれば当たり前か、と俺は納得していた。

そもそも上級ダンジョンの上階層は、かなり強いモンスターがごろごろといる魔境だ。Ａ３からＳ２ランクまで勢揃いしている。

しかしそれにしたって、多すぎる。

さらに悪いことには、進路が絶たれてもいた。

川が腐り、森へと繋がる橋が落ちていたのだ。水辺にも、数は少ないとはいえ、モンスターがいることが目視できた。

……こりゃあたしかに緊急事態だ。そして、ユウヒが避けてきた理由も何となく察せられた。自分のできないことはしたくないし、認めたくないタチだろうからな。

俺は、それを確認すると、作戦を考える。

「陸にいるモンスターたちは、俺がまとめてどうにかする。だから、マリは精霊を使って川を綺麗に、アリアナは水辺のモンスターたちの対処を頼む！」

分担作戦。三人パーティになってさっそくの、連携任務である。

「任せてくださいましっ！」

「分かったわ。ちょっと多いけど、うん、なんとか頑張る！」

二人が、作業へと取りかかりはじめる。

俺はといえば、陸にいる粒揃いのモンスターたちを、まずは観察した。

魔石が身体を有したモンスター・ゴーレム、大蛇のサーペント、ミミズのような見た目をしたワイアームなど、その種族は幅広い。

相性のいい魔法属性を一つ一つ気にしていたら、キリがない。

というわけで、さっそく縄張りに踏み込む。

「キィイアアア！」

先陣を切ってきたのは、ワイアームだった。その長い身をしならせ、毒を持つ尻尾を鞭代わりに俺を狙ってくる。

風魔法の神速を駆使してそれを避けると、ワイアームの尻尾が光の壁に当たった。アリアナやマリに危害が及ばぬよう背後に設置した光魔法のライトニングベールだ。

ワイアームが怯んでいるところに――

「ブラストフラッシュ！」

まずは一太刀。燃える刃で一刀のもとに斬り伏せる。

炭になったワイアームの姿に一部のモンスターが慄き、その場から逃げ去っていった。

が、それでもまだ、尋常ではない量だ。

俺は、二人の進捗をちらりと確認する。

「タイラー、こっちは順調にきてるよっ！　大丈夫、心配いらないから！」

「集中してくださいましっ」

まったく、頼もしい仲間たちだ。

そのリーダーを務めているのだから、俺もやらねばならない。

そう気を引き締めた時、とあるものにふと目が留まる。

いちばん手前に、大群の中でも、一際大きなゴーレムがいたのだ。

その体長は悠に俺の倍、そして重量も桁が違うだろう。

――もしかしたら。そうよぎった瞬間だった。

ゴーレムがその両腕をこれでもかと振るわせ、地面を叩く。足元が覚束（おぼつか）なくなるほどの衝撃、縦揺れであった。

「きゃっ！」

「マリ、大丈夫⁉　とにかく伏せて！」

「二人とも、待ってろ。すぐ止めてやる！」

もし、あの水の腐った川に落ちれば、どうなることやら分かったものではない。彼女たちを危険な目に遭わせるわけにはいかなかった。

俺は、風魔法を足裏に溜めて、真上に飛び上がる。そこで揺れの大きさを確認してから、続いて土魔法を込める。

「ソイルウェイブ！」

振りかぶった剣を大地に刺した。

柄を手離せば、刀身がわななくように震える。それにより、大地の揺れが次第に低減されていった。

「大丈夫か、二人とも」

俺は片膝をつき、アリアナとマリに手を差し伸べる。両手が同時に引かれて、二人が立ち上がった。

「ありがと、タイラー！」

「ありがとうございます、ソリス様」

感謝されるようなことでもない。俺は軽く首を横に振った。膝についた砂を払いながら、アリアナが尋ねる。

「でも、どうやってこんなことやったの？　地震を止めちゃうなんて」

「土属性魔法で、相殺したんだよ。一応、揺れの大きさを見極めて、なるたけ同じ強さで」

「なるたけって言うけど、完璧に見抜いたのよ。ほら、だって完全に揺れが止まってる」

そういえば、もう身体がぐらつくこともない。

「まぁ、なんだ。目は昔から自信あるんだよ。俺、ゼクトのパーティでも、戦略担当だったろ？」

「うん。毎回思うんだけどさ、戦略担当だったからー、とか、そんな次元の話じゃないと思うけどね」

そんな呑気な話をしていると、ゴーレムが再び動き出す。

轟音が響くが、刀が地面に刺さっているおかげで、揺れはない。あの刀を抜いて戦うのは得策ではないのは、一目瞭然だ。

俺は、拳を強く握り込む。そして、再び火属性の魔力をため込んだ。

「フレイムフィスト！」

繰り出したのは、いつかと同じ技だ。

ただ違うのは、俺のレベルアップ分、そしてこの腕に巻いているパーティの絆の分だけ強力になっていることか。

そして狙うは、ゴーレムの脚の横手だ。

ゴーレムは胸の真ん中に埋まった魔石がそのエネルギー源とされ、核と呼ばれている。それを突けば、身体が消え、魔石だけがドロップするのだが——今回は別の狙いがあった。

「グモオオオオ……」

俺の打撃が、ゴーレムの体勢を崩す。

業火にあぶられた巨体が傾き倒れ込んでいき、そこからは、目論み通りだった。

まるでドミノのように、近くにいた他のゴーレムたちまでが連鎖的に倒れていった。

よっぽど恐れをなしたのだろう。モンスターたちは、みなが散り散りになって逃げていった。

揺れはまだ土魔法で制御をしていたから、危険はなさそうだ。

一瞬にして、ダンジョンに静けさが訪れる。俺はほっと吐き出した息で、拳に残った火を払った。

まさか、ここまで作戦通りにいくとは。ちょっと面食らったが……とりあえず、制圧完了か？

そう思っていたら、

「ソリス様、さすがですわっ！」

マリがまず飛びついてくる。

柔らかすぎない？　ゴーレムの身体の真逆なんだけど。

そこへ、もはや恒例、アリアナの「なんなのおぉ！」がお見舞いされた。

……こっちも、ゴーレムの叫び声とは反対に、高音だ。

二人とも、川の浄化作業に、モンスターの掃討が終わっていたようだった。

「アリアナもマリも、お疲れ」

「タイラーもでしょ！」

三人、ひとまず拳をこつんと合わせた。

土魔法で橋をこしらえたら、やっと目的地への道の開通である。クエストの本題はこの先だ。

「……なにここ」

アリアナがそう呟いて絶句するのも、無理はなかった。

「本当に森ですの？　地図は合っているのですか、ソリス様？」

マリが首を傾げて、問う。

俺は、足元に落ちていた黒っぽい土をすくった。指でさらってみると、葉っぱのようなものが姿を現す。

「地図は合ってるよ。でも、『森だった』が正しいのかもな」

しかしそこに森の面影はなく、まるで更地の状態と化していたのだ。根は残っているようだったが、幹から上はないものがほとんど。数本残っている木も、枯れかけていた。

やっと合点がいく。

先ほど、橋の前にあれだけモンスターが溢れ、川が穢れていたのは、この森にあった住処を失ったからなのかもしれない。

「恵みを降らせよ、アクアシャワー！」

アリアナは両手を胸の前で結び、涼やかに唱える。

前口上はともかくとして、雨を呼び寄せたその姿は、まるで聖女のようだった。

さらに、マリも精霊による浄化をかけるのだが……

「……全然変わらないね」

「だめですわね、どうしてでしょう」

なにも変わらない。

もう少し早ければ、というところだったのかもしれないが、どうやら完全に根っこから腐っているんだな。

ユウヒがしっかりと任務をこなしていれば……そう思いはしたが、タラレバを述べても仕方がない。

俺は、広大なまでの死にかけた原っぱを見渡してみる。

すると、周りのものとはまったく違う雰囲気を放つ木が一本、一番奥に立っているのに気づいた。

葉こそ落ちているが、この一本だけ、枝までしっかりと残っている。

その幹はとても立派で、俺たちが三人並んでも横幅はその木の方が広かった。しかし、これももう表皮が黒ずんでいる。滅びかけている証拠だ。

マリが精霊を操って、その木肌に触れる。ほんの一瞬、ぽわっと光るが、すぐに消えてしまった。

でも、たしかに一瞬、それは治癒をしたのだ。枯れきっている周りの木々まで、ざわりと揺れたような……

「ねぇ、タイラー、これさ……」

同じことを思ったようで、アリアナが俺の顔色を窺う。

「あの泥棒猫がいれば、治せるんじゃない!?　ある意味ではこれも治療だし！」

「あぁ。しかも、この木が森全体に繋がってるみたいだ」

つまり、だ。この溢れんばかりの穢れを、治癒魔法で祓えれば――

「呼ばれて、飛び出た！　キューちゃんっ！」

俺は、さっそくキューちゃんを召喚する。精霊の中でも、たぶん超特殊かつ、格の高い光の精霊獣だ。

「なぁ、キューちゃん」

「お久しぶりですね、ご主人様……！　ボクのこと忘れてるのかと」

ぶすっと少しふてくされるキューちゃん。しかし、すぐに老木に目をやり、猫から人の姿へと変化する。

「言われなくても分かりますよ、ご主人様。この木と交われってことでしょ。ボクに、この老いた木と！」

まぁ言い方はともかく、そうなる。

「頼めるか？　俺も魔力なら補助するから」

「そ、そ、そういうことは早く言ってください！　だったら、いくらでもやりますよっ！」

急に機嫌をよくしたキューちゃんは、木の根元にしゃがみ、両手で三角を作った。俺は彼女の肩に手を置いて、魔力を渡しはじめる。

そしてすぐに、思わず目を瞑ってしまった……というのも、俺の手足までもが、強い光を発しているからだ。

「ご主人様、ボクと一つになってますっ！　分かりますかっ⁉」

どうやら、任務は横に置いて、たいそう嬉しいらしい。機嫌よさげに振れる尻尾が、俺の鳩尾に鈍痛を与えた。普通に痛い。

「ほ、本当に空気が変わってきてますわよ⁉」

「……タイラーってほんと規格外ね」

「すごいですわ。人だけでなく、森まで救えてしまうなんて！」

こんな声を聞きつつも、一気に魔力の出力を上げていく。ひたすら、あとは光魔法を練り上げるだけだ。

しばらく粘り続ける。萎れていた草木たちが、一斉に力を取り戻しはじめた。しかし、このままでは葉までは戻らない。

「アリアナ、今度こそさっきの水魔法を頼む！」

「わ、分かったわ！」

また、祈りの雨が降り注ぐ。

「わたくしも、お手伝いいたしますわ！」

「ありがとう。マリは、治りはじめの木に精霊で力を与えてくれれば嬉しい。頼めるか？」

「もちろんです。奴隷たるもの、主人の言うことは絶対ですからっ」

俺は、二人を背に、さらに魔力を高めていく。

「ラストスパートですよっ、ご主人様！　ボクと力を合わせて♪　ボクと！」

さっきまで生命力の大半を失っていた木が、その幹に力強さを取り戻してきていた。

仕上げとばかりに懸命に魔力を絞っていたら、キューちゃんと俺の周りを囲っていた光が緩んでいく。

「完了です、ご主人様♪」

そして、彼女は猫の姿へと戻った。

肩の上に飛び乗ってきた彼女の背中をもふもふしてやりつつ、振り返ったならば――

「……森だ」

「タイラー、戻ったわ！　森よ！　森！」

「こんな大きな森、初めて見ましたわっ」

そこには、やってきた橋が見えなくなるほど、しっかりとした緑が広がっていた。ふふん、と得意げにキューちゃんは俺の首に尻尾を巻きつける。

「ご主人様のお力をお借りすれば、こんなもんですよっ。レベルアップもしてますし♪」

キューちゃんの言葉でふと思い立ち、自身のステータスボードを見て、また驚いた。いつの間にか光魔法がレベル5だ。

そんな俺の隣では、猫の姿なら、やはり可愛く見えるのだろう。アリアナがキューちゃんの頭に手を伸ばして言う。

「森を作れるんだったら、薬草なんてなくても、エチカちゃんの病気も治せそうだけど、どうなの？」

「材料はいるんですよ。この木が、森を形作る母なる木だったんです。それが、まだ生きていた、つまり材料があったので治せたんです」

なんか、まともに二人が話してるのって初めて見たかもしれない。

和解したのかも、と思ったのだが、少し後にはまた軽い言い合いに発展していた。

前にエチカが評していた通りだ、喧嘩するほど仲がいい。


任務を完了して、ギルドへと戻る。

奥の森に惨状が広がっていた事実と、結果を報告したところ――

「もし受け取っていただけるなら、ギルドから特別褒賞を贈りたいくらいです！　最近、あの森を目指した冒険者たちが怪我をすることも多く困っていたんです。就任早々だったのでなおさら手も回らず……ユウヒ様でも避けるような任務を、一日で成し遂げてしまうなんて。本当に助かりました！」

任務を依頼してきたサラーさんだけではなく、現ギルド長までやってきて、感激した様子でそう言った。

「あの森、復旧したんだって！　これで安全にダンジョンに潜れるな」

「たしかタイラーさんたちの。ユウヒさんのところじゃなくて、今は彼らがナンバーワンパーティだろ」

「はっはっは、恐れ入ったか。あれこそがワイの師匠、タイラーさんよ！　感謝するがいい、はっはっは」

ロビーにいた冒険者たちも、こんな風に盛り上がっていた。ちなみに、最後に馬鹿笑いをしていたのは、筋肉を盛り上げた男、サカキだ。

……弟子にした覚えは、もちろんない。

「それで、特別褒賞ですが受け取ってくれますか。これがあれば、ギルドでの飲食は永久無料、ギルド内に部屋も用意した上で、クエストも優先して取っていただけるのですが」

現ギルド長の言葉に、俺はアリアナ、マリ、二人の顔色を見てから、首を横に振った。

そんなものより、もっと大事なことがある。

「いいえ、お金も褒賞も結構ですから。それよりも、最初にしていた約束をお願いできれば」

「それくらいで良ければ、速やかに手配いたしますね！」

ようやく超上級ダンジョンに臨めそうだ。


三日後、俺たちは、再び豪華絢爛なギルド受付へと帰ってきていた。

手続きに準備がいるとのことで少し待っていたのだが、いよいよ超上級ダンジョンへの再挑戦である。

アリアナは家を出る前からもうずっと、胸に手を当てたままだった。俺も、もう何度深呼吸をしたことか。

マリはといえば一人、「ここでもないわね、なにか違うわ」と眼帯の位置調整にいそしんでいた。

これぞ元王女の胆力なのかもしれない。

「では、お気をつけて行ってきてくださいませ」

受付のお姉さんに見送られ、ダンジョンへ足を踏み入れる。

「……今回は平和な滑り出しだな」

ワイバーンに急襲されることこそなかったが、油断ならない。モンスターの気配も、匂いもそれなりにする。

「エチカちゃんを治す薬草って、ハオマ、だったわよね？　どこに生えてるのかしら」

アリアナが手を目上にかざして、辺りを見回す。そしてちょっとしてから、はたと立ち止まる。

「そもそも、私、ものを知らないいんだけど。マリは？」

「えっ、いえ、わたくしも存じ上げませんわ。だだだ、大丈夫ですわ、手当たり次第に持って帰れば！」

「マリ、あんたねぇ……」

二人の目が自然と俺へと向けられた。つい噴き出してしまう。

「知らないよ、俺も。でも、知ってる子なら、召喚できるから」

前回もお世話になったが、今回も手を借りるほかない。というわけでキューちゃんを召喚する。

「ご主人様、すっかりボクがいないと冒険できない身体になりましたね♪」

とてもとても誇らしそうに顎を突き出し、尻尾を悠然と揺らすキューちゃん。

彼女は、すぐ俺の頭の上へと飛び乗った。へんっと鼻を鳴らして、アリアナを見下ろす。

「タイラーにべったりなのはムカつくけど……今日ばっかりはよろしく頼むわよ、キューちゃん」

「その言葉に免じて、今日ばっかりは許してあげますよ♪」

二人が和解したところで、マリが何気なく呟く。

「お二人とも、争う必要なんてありませんのに。わたくしはソリス様と過ごせるなら、別に三人、いや、サクラも入れて四人で妻でもよくてよ？」

不穏すぎる発言だった。内容が内容なので、俺としては黙ることしかできない。

話を切り替えるべく、俺はキューちゃんに尋ねた。

「ハオマの草がどこにあるか案内してくれるか？」

「もちろんですっ、ご主人様の行くところ、火の中、水の中！」

そう言ってはりきるキューちゃんについていき、本格的に、ダンジョンの探索を進めていく。

前回はユウヒたちに阻まれたせいで、ろくに探索できていないから、実質的にはこれが初めてのことだ。

けれど、俺は決意していた。

俺は今日、ハオマを見つけて、妹の病を治すのだ。

阻むものは、すべて掃討するくらいの思いだった。

「ウィンドウィング！」

目の前の敵に全力で技を放つ。

そうしてダンジョンを進むこと五階層目。襲いかかってくるモンスターを次から次へ、切って落とす。

アリアナの消火活動も、大いに助かっていた。

マリは圧倒されたのか、ついてくるばかりだったが、不測の事態を考えれば、体力を温存してくれているのはありがたい。

「気合入ってるね、タイラー！」

「アリアナこそ、な」

手のひらを軽く叩き合う。少し、感慨深い気分になった。

思い返せば、アリアナと二人のパーティから始まった冒険だ。それが中級ギルドから上級ギルドへと昇格し、紆余曲折（うよきょくせつ）の末、マリが加わった。

「わ、わたくしもやる気はありますのに～」

家には妹のエチカに、サクラも待ってくれている。

「ボクだって、やる気むんむんですよ！」

「むんむん、って……普通、まんまん、だろ～」

キューちゃんだってそうだ。

幸運なことに、失った分を補うに余るほど、たくさんの仲間が増えた。彼らに報いるためにも、俺は今日必ず達成してみせる。

そう前を向いた時、ぴーんとキューちゃんの尻尾が跳ねた。俺の背中を二、三度打ってから、風車みたく、その場でくるんくるん回る。

「ご主人様、あれです！　ハオマ！　あの深緑のがそうですっ！」

それは、湖のほとりに生えていた。

群生はしていない。孤独に、たった一つ。

その長く一筋の線が伸びた葉は、不思議と目を引いた。花も咲いていないのに、ただそこにあるだけで存在感が違う。

「あれが……ハオマ」

実物を見るのは初めてだったが、たしかにあれならば治る、と思わせられる神秘性があった。

あの葉を、俺たちは求めていたのだ、となんの疑いもなく、信じられた。

「タイラー！　ついにきたわねっ！」

「わたくしも、とても嬉しいですわ！」

まるで宝箱にたどり着くまでの、最後の直線にいる気分だった。三人で魅せられるようにゆっくりと近寄っていく。

しかし、その時だった。腹の奥底で魔力が震えるのを感じて、俺は前に進めなくなる。

この反応は、家の防御魔法が発動した信号だ。俺はキューちゃんを引っ込めて、意識を集中させるため目を閉じる。

「家に、侵入者が来たみたいだ……」

脳内に浮かんだ映像を言葉にすると、場が凍りついた。すぐに、アリアナとマリが詰め寄ってくる。

「どういうこと⁉」

「サクラに、エチカ様は無事ですの⁉　まさか、わたくしを捕縛しに来たのですか？」

「大丈夫だよ、それは。そもそも、王家の人間じゃないっぽいから、マリの件ではなさそうだな」

そう言って、水魔法を使って貼った薄い膜に、家の様子を映し出す。

そこにいたのは、体形のがっちりした男二人組だった。

地黒で、日焼けしているようだ。

けれど防御魔法がしっかり機能しているようで、追い返してくれた。エチカもサクラも、ぴんぴんしている。

「次になにかあっても、また分かるし問題ないよ」

俺がそう言うと、アリアナがほっと息を吐く。

「こ、これ！　この紋章！」

一方、マリはといえば、顔面蒼白になっていた。銀色の髪が額に貼りつくほど、汗が浮かんでいる。

「これ、このカエデの葉っぱ！　テンバス家の家紋ですわ！」

「……じゃあ、なんだ、ユウヒたちが刺客を差し向けてきたってことか？」

「ご名答」

そんな覚えのある声が聞こえたのは、背後からだった。

反射的に振り返り、腰を沈め、刀に手をかける。

臨戦態勢をとる俺が目にしたのは驚きの人物。

「まさか、また超上級ダンジョンに立ち入ってようとは思わなかったよ、タイラーくん。見つけられてよかった。捜したんだ」

そこには、冷酷に笑うユウヒだけではなく――

「……ゼクト、お前、なんでまた」

「また会えましたね、タライ、アリアナ」

いつか俺を追放した男が、眼鏡の奥に狂気をはらませ、そこに立っていた。

最後の最後まで、立ちはだかる気でいるらしい。

どうやって俺の家を襲ったのか。それは、問い詰めるまでもなく、ユウヒが勝手に喋り出した。

「タイラーくん。君の家は、ギルド昇格戦の報酬として貰ったものだろ？　ちょっとばかり、手下に金をやってね。ギルド所有の家の情報を調べさせたのさ」

どうにか復讐ができないかと様々な手を尽くした末、たどり着いた作戦が刺客を送り込むことだったらしい。

「……お前、どこまで腐ってんだ。だいたいどこで俺に家族がいるなんて」

「家に大切な存在がいることは、ゼクトくんに聞いたのさ……ただまぁ。パーティの半分を遣わしたというのに、失敗に終わったようだけど」

歯軋りをして、目をひん剥いてこちらを睨むユウヒ。

ひっ、と短い悲鳴をあげたのはアリアナだ。

たしかに、なにかこう、ユウヒからただならぬものを感じる。

狂気に侵されてしまった、とでも言おうか。いつもは顔を合わせる時に余裕があるのに、今回はそうではない。

俺は警戒を一切解かないまま問いかけた。

「どうやってゼクトを仲間に加えたんだ」

俺の問いに二人揃ってふはは、と高笑いした。

「警備隊の一部に、テンバスの息がかかったのがいてね。巷の運送業者とも繋がっているのさ」

「……なるほど」

腐っているのは、こいつらだけではない。もっと根本から腐ったなにかが、この国の裏側には潜んでいるようだ。

「……テンバス家は黒い噂もありましたわ。もっとも、全て嫌疑のみで、処分にはなりませんでしたが」

マリが、ぼそりと呟く。杖を握る手には、爪が食い込んでいる。かなり力んでいるように見えた。

「じゃあ半分国家機密……？　だとしたら、べらべら喋りすぎじゃない？」

アリアナの疑問はもっともだ。少なくとも、後先を考えた行動ではない。

そんな俺たちに気づかず、ユウヒとゼクトは理解できないくらい、愉快げに笑っていた。壊れた仕掛け人形みたいだと思っていると、そこではっと一本線が繋がる。

いつか、ミネイシティの警備隊の人が言っていた。

警備隊の一部に違法な運送業者が紛れ込んでいて、そいつらはクスリを扱っている、と。

「……違法の魔法薬物か」

ゼクトにかけた闇魔法の効果も、その薬の効果で薄れているのかもな。

「いい推理力だ。もういっそ、探偵にでもなったらいいかもしれませんよ、タイラーくん」

魔法薬物は、服用者の能力を一時的に跳ね上げる。代わりに判断力などを損なわせ、その後は身体にも損傷を残すことがあるとかで、使用は固く禁じられていた。

「そこまでしてでも、タイラーへの復讐を果たしたかったわけね……その時点で、判断力どうなのって感じ」

「まったく同意するよ、その意見」

「ふふっ、でしょ。うまいこと言えたと思ったのよ、自分でも」

俺が同意すると、アリアナはふっと微笑む。

「ふっ、判断力などなくとも、もう僕の勝ちは既定路線だ！　……どうせ、なにをしたって君はここから生きて帰れない！」

そこへいきなりユウヒが、俺の懐めがけて剣を差し込んできた。

躊躇もなく速い突きだが……けれど剣筋が見切れないわけではなかった。俺は高速で抜刀、ユウヒの体勢を崩すように刀を抜いて斜めへと薙ぎ払う。

自然に、俺とユウヒ、アリアナ・マリとゼクトの対立構図となった。互いに違う方向を警戒しつつ、背中合わせになる。

「なぁ、アリアナ、マリ」

「言われなくても分かるわよ、タイラー」

「そうですわよっ、奴隷は血でも繋がってますし」

でも、あえて言わせてほしかった。

「俺の魔力ならいくらでもやる。だから、背中は任せた」

「「了解！」」

俺はアリアナとマリの右手、左手をそれぞれ握る。そして自分の魔力の一部を彼女らへと流した。

きゅっと一度強く握り締められたあと、二人の指が両の手から離れていく。

「お喋りしている場合かい？」

そこへ、またユウヒの突きがきた。前よりは威力があるが、これが薬物の賜物なのだろうか。

しかしまぁ一撃の重さが驚異的なものだが……こちらは魔力量が違う。

小さな詠唱ののち、剣身に電気を走らせる。弾かれるように、彼は離れていった。

「……本当に色々な属性の魔法が使えるんだな。天賦の才ってことかい？」

「それだけじゃないって。一つ一つ精度も磨いてきたからな」

でなければ、今のように細かな魔法は操れなかった。

俺は、またしても声を潜めて詠唱する。土魔法でソイルドラゴンを発動すると、地中を這わせ、
今度はこちらから仕掛ける。

「インフィニットソニック！」

ユウヒはと言えば、足を取られつつも上へ飛ぶと、前にも見た風魔法を使う。たしかにそれなりの威力だ。けれど風魔法に拘らなければ、敵ではない。そう思える程度だった。

俺は一度刀を腰におさめ、鞘を走らせる。そして抜刀の瞬間、フレイムソードを発動した。

「ぐっ……！　あつっ！」

業火を帯びた風が、ユウヒを掠める。やはり判断力が鈍っているらしい。

もう終らせられる。そう思った。

ユウヒが肩を押さえ膝に手をつき前屈みになっているうちに、俺は、ちらりとアリアナたちに視線を移す。

ゼクトは双剣使い。接近戦に持ち込まれぬよう、よく戦っているようだ。

ちょうど、アリアナお得意のウォーターアローが、ゼクトの双剣の片方を吹き飛ばしていた。

「もう決められるわよ、こっちは！」

「ソリス様のおかげで、精霊たちもいい調子ですわ」

消耗も少なく、息も切れていない。あまり戦い慣れていないマリも、決して及び腰ではない。

「俺も、次で決めるよ」

刀を中段に構える。するとユウヒも、にやりと笑って、同じ体勢をとった。

「結局これが一番、純粋な力比べにはいいってわけだね」

「……ユウヒ、お前、違法薬物使ってるの忘れたのか」

どのあたりが純粋なのか、ぜひとも教えていただきたいところだ。

「うるさいっ！　ごちゃごちゃ口答えをするな……生まれて初めてだ。ここまで、僕に歯向かってくる奴は！　もう許さないよ」

ユウヒは、やはり風魔法を駆使して、鬼の形相で襲い来る。

時を同じくして、ゼクトのがなり声もした。

「アリアナ、あの時君が私についていれば、こんなことにはならなかった！」

彼の技もまた、威力が倍化されているのだろう。

しかし、心の乱れは、魔力の乱れ、そしてそれは剣の乱れにも繋がる。意志の差が、もっとも大きな違いを与えるのだ。

俺は黙して、ユウヒの刃に刀を合わせにいく。

「行くわけないでしょっ！　私は、タイラーと生きたいんだもん！　それを追放なんて、一生許さないからねっ！」

「加勢しますわっ！　その気持ち、わたくしも痛いほど分かりますから！」

アリアナとマリの声が、ダンジョン内に響き渡る。

かたや刀と剣、もう片方は矢と剣。鋭い接触音が、そのあとに続いた。これこそ、因果なことなのかもしれない。

俺たちを散々苦しめてきたユウヒにゼクト。

その二人の剣が、まったく同時に折れる。そして二人はまるで示し合わせたかのように地面へと伏せた。

「……ふん。生きて帰れると思うなよ、タイラー・ソリス……」

ユウヒはもだえながらも、こちらへ這いつくばってこようとする。執念か、もしくは負け惜しみだろうか。

「どうせ君も終わりだ……」

しゃがれた声は、ここで途絶えた。

一応、二人の息を確認する。ゼクトもユウヒも、力尽きて倒れているだけのようだった。

アリアナは晴れやかな顔で腰に手を当てる。

「ふんっ、ゼクトに言いたかったこと、やーっと言えたわ。そうだ、マリも言っとけば？　こいつには恨みの一つや二つあるんでしょ」

「そりゃあもうたくさんありますわっ！」

ばーか！　とか、いじめっこ！　とか。やけに語彙力の低い言葉を、マリはユウヒに投げつける。

王家の教育が心配になりながらも、俺はいにしえの魔法を使用した。

警備隊の一部に悪人が紛れ込んでいると分かった以上、またいつ外へ放たれて、悪事に手を染めるか分からない。

そうさせないためには、彼らの心に鍵をかける必要があった。

「……ナイトメア」

俺は彼らのこめかみに、闇属性魔法を打ちつける。

前回よりも、俺自身のレベルが上がっていることもあった。もう、クスリくらいでは解除できなかろう。

そうして魔法をかけ終えた時だ。

大きな揺れが、足元から突き上げてきた。

ゴーレムと対峙した時とはまた違う、空間自体が震えているかのようだ。

「いったいなにっ⁉」

「あれは⁉」

アリアナが頭を抱えて身を丸める。マリがいち早く指差した先に、巨大な影が伸びていた。

「……またえらくでかいのがお出ましだな」

朱色の身体に、逆立つタテガミ。それ自体が刃物のような両翼を持ったモンスターが宙に浮き、息巻いていた。

古龍エンシェントドラゴン。ランクはワイバーンを凌ぐＳ４に分類される、強力なモンスターだ。

もちろん初見、資料でしか見たことのない存在だった。

なにか衝撃を与えない限りは目覚めない、洞穴に身を潜める静かな存在のはずだが――

「……まさか、ユウヒの最後の言葉ってこれのことか！」

きっと、インフィニットソニックを放った際、わざと起こすよう仕向けたのだ。

負けた場合には、こうして俺を葬るつもりだったらしい……まったく厄介なことをしてくれる。

ハオマを前にして、息つく間もなく、とんだ追加クエストだ。

長い眠りを邪魔された怒りか、恐ろしい龍の息吹が大きな口から吐き出される。

俺は即刻、水魔法による防御壁を張った。間合いをはかり距離を取ったところで、アリアナとマリも俺の横に立ち並ぶ。

「タイラー、今度は私たちの力使ってよ」

「いつも貰ってばかりですものね、先ほどいただいた分含めて、お返ししますわ」

アリアナとマリが、腕を高く掲げる。その手首に光り輝くのは、あの腕輪だ。二人にやや遅れて、俺の腕輪にも明かりが灯る。

共鳴するかのごとく、明滅を繰り返す三つの輪。やがて、俺の手首が熱くなっていく。

「なんだ、この感じ……」

意識を澄ませば、それは二人の魔力だとすぐに分かった。俺に力を貸してくれるらしい。

……まぁ、まだ余ってたんだけどね？

けれど、二人から貰うことに意味があった。

きっとそれは、どんなに精巧に練り上げられた魔力よりも、俺に勇気を与える。魂を奮い立たせてくれる。

咆哮とともに、鉄をも溶かすらしい息吹（いぶき）を見舞う古龍。

対して、俺は雷魔法の魔力を練って、抜刀の構えを作る。

そして、身体の端々から力を抜いていけば、魔力はより研ぎ澄まされる。さらに濾（こ）していくようなイメージで、刀にその全てを伝えた。

「エレクトリックフラッシュ！」

数ヶ月前、全てが始まったあの時、ワイバーンに使った魔法剣技だ。

ただし、あの頃とは何もかも違う。

レベルも上がっていれば、仲間の力も預かっていた。

雷と炎、魔力の塊同士がぶつかり合う。衝撃波がすごく、あたりでは破裂音が鳴り渡る。

やがて雷が火を呑み込み、その猛々しさを増す。

まともに直撃を受けた古龍はといえば、声もなく地面へと堕ちた。

俺はそれを見届けてから、刀を一度振るって放電し、それから鞘へとしまう。

鍔が、ほんの軽くかちゃりと鳴る、その音が戦いの終わりを告げた。

「……今度こそ、終わりだよな」

やっと、ハオマが手に入る。やっと、目標に手が届く。

そう思えば、膝からがくりと力が抜けた。

「タイラー、しっかり！」

「ソリス様、あのお猫様を早くお呼びになって！」

アリアナにマリが、二人して両脇から支えてくれる。魔力が切れたわけじゃない。ただ、張り詰めていた心の糸がゆるんだのだ。

「お疲れ様」

二人の言葉が一つに重なる。

短い一言だ。けれど治癒魔法かと思うほど、あたたかい気持ちが、心に溢れた。

「大丈夫、ありがとうな」

引き上げてもらったら、自分の足で立つこともできた。

それから俺たちは三人、ハオマの前へ。

キューちゃんを呼び出して、どの部分が必要かを聞いたうえで、葉の部分を刀の先で切り取った。

ここまでたどり着く時間や労力を考えると、ほんの一瞬だ。アリアナも同じことを思ったらしい。

「探し物って手にする時はこんなものよね」

「はは、そうだな……よし、帰ろうか」

家でエチカたちが待っている。喜ぶのは、エチカの治療が終わってからだ。

ところかわって王都。

周りの屋敷と比しても、広く敷地を囲ったその家は、隆盛を迎えている権力の象徴のようでもあった。

この屋敷の主こそテンバス家であり、王国の舵を政治や金によって握ろうとしている、やんごとない貴族、公爵家の一角だ。

その当主、テトラ・テンバスは、珍しく苦渋を顔に浮かべていた。

彼が机に腕をついて眺めるのは、ベッドに伏せたまま悪夢にうなされる、息子のユウヒだ。

ミネイシティのギルドから、この状態で引き取ってきた。ゼクトというらしい青年とともに、だ。

ユウヒがなにをしでかしてこうなったかは、家の使用人や、ギルドの職員から聴取していた。

「クスリに自ら手を出したうえに、一般人の家を襲わせるだなんて……」

本来なら、その時点で罪人扱いだろう。

だが、テンバス家の名に傷をつけたくなかったテトラが、大金と引き換えに極秘で身柄を引き取った。証拠を残さないよう、ゼクト青年もろともだ。

一瞬は、タイラーを消すことも、テトラの頭にはよぎった。

けれど、それが得策ではないのは、少し考えれば分かることだ。

悪名を高めたユウヒとは好対照に、ギルド内でも街でも、タイラーを支持する者は加速度的に増えていた。それを闇に葬ろうとしようものなら、すぐに足がつきかねない。

それに、その異常なまでの強さも、耳には入ってきていた。

実力者だったユウヒを、完膚なきまでに倒してしまったのだから、確固たる情報にちがいない。

その道のものでも確実に任務を遂行できるかどうか。

「どうされるのですか」

給仕をしていた執事が、コーヒーカップをソーサーに置いて尋ねる。答えを分かったうえでの質問かのように、テトラには思えた。

「……このままユウヒをここに残していても、テンバス家にとって、利益はない」

利益至上主義。それが、一代にして家を大きくした、テトラの信念だった。

そもそも、彼がこのところ息子を好き勝手に甘やかしていたのは、ダンジョンでの活躍により、テンバス家の名声アップに貢献していたからだ。

密輸斡旋の目眩しに、ちょうどよかったからに過ぎない。それができなくては、お荷物と同じだ。

「……ユウヒは、勘当するしかないな。テンバス家を出て行ってもらう」

なにも知らず眠り続ける息子を、テトラは見つめる。そこに、彼への愛はこもっていなかった。

他にも息子はいるから、跡取り問題も起きない。むしろそんな合理的な考えをひどく冷静に巡らせていた。

「やはり、その結論となりますか」

「あぁ。ダンジョンは、土の中に金が埋まってるようなものだ。その利権を、この子一人のために失うわけにもいかないからな。更生という名目でなら、世間も納得するだろう……それから、このゼクトとかいう青年は、テンバスの息がかかってる牢にでも入れておけ」

ユウヒも、ゼクトも、テンバス家が引き取ったことはギルドに知れていた。下手に殺してしまえば、今度は隠蔽を疑われる。

「私が見張り役を見繕う。執事。早急に馬を用意し、ユウヒの目が覚めないうちに、運ばせろ。辺境の草原地がよかろう……あそこでは、やらせたいこともある」

「かしこまりました。仰せの通りに」

こうして、ゼクトの処分、ユウヒの実家追放が決まったのだった。

あの事件の後、ユウヒとゼクトの身柄は、ギルド職員に託した。

「ねぇタイラー、あれでよかったの？」

アリアナが釈然としない様子で俺へ問うのに、少し考えてから答える。

「まぁあれ以上、手の打ちようがないしな」

警備隊にテンバスの息がかかっているなら、また解放されることもあるのかもしれない。ならば必要以上に、彼らの処遇に気を揉むのも無意味だ。

それよりも、自分たちのことを優先しようと思い、俺たちは手続きを終えるやいなや早々にギルドをあとにする。

「ソリスさん、やっぱり褒賞を受け取ってください！」

「ナンバーワンパーティは、これで名実ともにソリスさんたちだなぁ」

「はっはは、ワイの師匠はものが違いますな！」

ギルド長から若手冒険者、サカキのおっさんまで、身分の上下関係なく声をかけてくれたが、今は取り合っていられない。一刻も早くやらねばならないことがある。

ハオマの葉は、念のため、アリアナが水魔法で保護し続けてくれていたから、その鮮度は保たれている。

とはいえ、急ぐに越したことはない。

ギルドを出ると、アリアナたちとともにまっすぐに家へと向かう。

「お兄ちゃん！　二人も、おかえり！」

「みなさま、おかえりなさいませ」

エチカ、サクラが揃って玄関まで出迎えに来てくれた。エチカはしっかりと、サクラの袖を握っている。

聞けば、家に侵入者が来てからは、ずっとそうして二人で身を寄せていたそうだ。

五人で、廊下を居間まで向かう。

「ありがとうな、サクラ」

「いえ、不審者たちなら、私が何かするまでもなく帰っていきましたから」

「そういうことじゃないって。エチカの近くにいてくれたことに感謝してるんだよ」

俺は、にこりと笑いかける。

「……当然のことをしたまでですよ」

対するサクラは素っ気なく呟くと、なぜか廊下の途中で、はたと止まる。

俺に背中を向けたと思えば、壁に二度三度と頭を打ちつけはじめた。

ごん、ごん、と。まぁまぁな音が鳴り渡っていた。

心配になって、マリに尋ねる。

「……だ、大丈夫なのか、あれ」

「えぇ、問題ありませんわ。ちょっと嬉しがっているだけですの。お城でも何度か見たことありますわ」

一番近くで見てきたはずのマリがそう言うのだから、そうなのだろう。

それに、万が一怪我を負うようならばエチカのついでに治してしまえばいいのだ。

「エチカ、ちょっとこっちに来てくれないか？」

居間へと入り、荷物やらを置いた俺は、さっそく妹をテーブルへと呼び寄せた。なんの躊躇いもなく、彼女は俺の膝の上に乗る。

「どうしたの、お兄ちゃん？」

そこじゃないんだけど、とは思ったが、天使顔負けの笑顔を向けられては、言いづらかった。

そのままにしておいて、俺はキューちゃんを呼び出す。

「呼ばれて飛び出た！　本日三回目♪」

召喚されてすぐ、彼女は人型へと変化した。

状況を察してか、アリアナ、マリ、サクラの三人も集まってくる。

「ほんと頼むわよ、泥棒猫」

「言われなくても、ボク失敗しませんよ。ボクは超優秀で特別な光の精霊なので！」

アリアナから、ハオマの葉がキューちゃんの手に渡る。緊張感と期待感がないまぜになって、俺を駆け抜けていった。

いよいよ妹が長年苦しめられてきた病と、決着をつける時がきたのだ。

これまで、どんな魔法薬や治癒師のヒールでも完全な回復には至らなかった、謎の病。

けれどこのハオマの草ならば――

そういえば、いったいどうやってこの葉を治療に使うのだろう。思った時には、キューちゃんがぱくんとそのまま食べてしまった。

「……き、キューちゃん?」

「心配いりませんよ、ご主人様♪　ちょっと砕いて成分を転換してるんです」

気が抜けそうになる、もにゅもにゅという咀嚼音を、全員息を呑んで聞くことしばし。

キューちゃんは、エチカの首筋に両手を絡めた。その目が、とろんとピンク色に染まる。少し斜めになりながら顔を寄せたと思ったら、

「エチカ様、口を開けてください♪」

口づけを一つ。それは、だんだん潜り込むように深くなっていく。

「なっなっ、なにをしてんのよおおおっ!」

アリアナが叫ぶが、キューちゃんは見向きもしない。

「……やっぱりこうなるのか」

キューちゃんのことだから、おそらく「アレ」な儀式だろうということは何となく予想できていたけども。

それにしても、今回は過激すぎた。見た目がどちらも幼いのが、いっそう罪悪感を煽ってくる。

わめくアリアナとは反対に、俺は目を瞑って、無心で耐えることにした。

「どうですかっ、ご主人様！　完璧でしょう～」

そしてついに、治療が完了したらしい。

恐る恐る目を開ければ、顔に火照りを残した妹が、自分の手足を不思議そうに見つめている。

そして俺の膝から、床へ降り立った。

確かめるように数歩前へ行って、跳ぶ。前よりも断然、高さが出ていた。

「身体がすっごい軽い……なにこれ、初めての感覚だよっ！」

何度も何度も、彼女はその場で跳ぶ。しまいには、くるっと一回転。

ひらりと舞ったスカートが膝上に落ち着いたところで、笑顔が俺たちに向けられる。

「みんな！　私……！　治ったの？」

思わず、うるっときてしまった。ほっと心の枷が取れた気がして、油断すればすぐにでも泣きそうだった。

「エチカちゃんっ！　そうだよ、治ったんだよっ！」

アリアナが号泣しながら、まず彼女を抱きしめる。

「エチカ様っ！　よかったですわ！」

「お祝いをしなくてはなりませんね」

次に、マリもその上に被さっていった。サクラは、少し離れた位置から眺めて、優しげに微笑む。

ますます俺が胸を熱くしていたら、感極まったのだろうアリアナが、俺の腕へとなだれ込んでくる。

いる。

続けてマリやエチカも、同じようにしてきた。キューちゃんは、べったり俺の背中にひっついている。

「だって〜！　タイラーも嬉しいでしょっ！」

「えっ、ちょっと待てってて！　なんで俺にまで!?」

「タイラーっ！」

楽園かと錯覚してしまう状況に嬉しくなる半面、収拾のつけようがなく苦笑いする。

サクラは保護者かのように、もはや止めにも入ってくれず、くすっと口角でだけ笑っていた。

「お兄ちゃん、ありがとうね。本当に、大好きだよ」

妹は涙まじりに、声を詰まらせる。

もみくちゃにされたせいで、さっきまで大人しく結んでいたサイドテールが、何又にもなって跳ねていた。

「……大したことしたわけじゃないよ。兄として当然のことだろ」

「うぅ、お兄ちゃん〜！　大好きっ、みんなも好きだけど、もっと好きっ」

アリアナとマリ、キューちゃんまでもが自然に離れる。

エチカは空いた俺の胸の中で、それからしばらく泣いていた。

これまで散々苦しんだ分の涙だとすれば、もうこれが最後になればいい。嬉し泣きならば、この先何回でも受け止めよう。

今度こそ喜んでいい場面に違いなかった。

父から譲られた愛刀が、西日をきらりと照り返す。もしかしたら、高いところから見てくれていたのかもしれない。

充実感は、それなりにあった。ひとまずの目標としてきた妹の治療は、これで達成だ。けれど一方で、全てが綺麗に片づいたかといえば、そうでもない。

親父の死は謎のままだし、テンバス家の陰謀を図らずも知ってしまったりもした。なにより、マリを奴隷にしたままというのも、いかがなものだろう。

「なぁ、みんな」

一段落ついてから、俺は口を開く。

まだ四人全員が、居間でせせこましくくっついていた。

分担して料理をしていたアリアナとサクラ、二人でケンケンパーなんて軽い運動をこなしていたマリとエチカ。

視線が一つに集まる。それを待ってから、俺は思いの丈を口にした。

「明日からも、俺はダンジョンに潜りたいと思う。いろんなことも見えてきたし、マリのことだってある。それに、まだまだ強くもなりたい。だから、明日からもよろしくな」

少し先走りすぎたかもしれない。言ってから後悔しかける。

ついつい前髪に手を伸ばし恥じらいを隠さんとする俺に対し、返ってきた反応はあたたかいものだった。

「当たり前でしょ。なんと言われたって私はついていくわよ」

「アリアナ様の言う通りですわっ！　それ以前に、わたくし奴隷ですし。なんでも仰せのままに聞きますわ」

まずパーティメンバー二人が、こう即答する。

エチカとサクラも、こくりと首を縦に振って一発回答をくれた。

「ありがとう、これからもよろしく頼むよ」

全員が笑みを浮かべたあと、マリとエチカは再びケンケンパー遊びを始めた。

微笑ましい思いでそれを眺めていると、マリから声がかかる。

「ソリス様もご一緒に！　けんけんぱー、ですわ！」

「王族の遊びにしては、随分と庶民的だな。こ、こうか？」

まだ、俺の冒険はこの先も続いていく。けれど今日という日はきっと、いつまでも忘れ得ない特別な一歩となる。

片足立ちになったまま、そう思った。

キャラクターデザイン&設定集

Character Design & Setting collection

アリアナ
◆タイラーの幼馴染で、
対となる立場の
キャラクターなので、
全体的に色味が
対照的になるように。
◆戦闘や探索で
軽快に動けるよう
ブーツを着用。
マリ
マリア
after
before
◆マリアの時は
肩部分を出し、
高貴さを意識した
見た目に。
◆マリの時は、
魔法を使う時に
服がなびく
イメージで
裾の装飾を
意識。

月が導く異世界道中
Tsukiga Michibiku Isekai Dochu
あずみ圭
Azumi Kei
1~16
8.5
TVアニメ化!
2021年7月7日放送開始!
TOKYO MX・MBS・BS日テレほか

月が導く異世界道中
あずみ圭
薄幸系男子の成り上がりファンタジー、開幕!
なんでだろう親の都合で異世界へ
第5回アルファポリスファンタジー小説大賞読者賞受賞作!
待望の書籍化!

月が導く異世界道中
1
あずみ圭
木野コトラ
不運、されどチート!!
シリーズ累計29万部!

宮廷から追放された魔導建築士、
未開の島で
もふもふたちと
のんびり
開拓生活!
空地大乃
Sorachi Daidai
不遇の元宮廷建築士、
もふぷにな使い魔たちと
建築しながら島ぐらし!!
とある王国で魔導建築を学び、宮廷建築士として働いていた青年、ワーク。ところがある日、着服の濡れ衣を着せられ、抵抗むなしく追放されてしまう。相棒である妖精ブラウニーのウニとともに海を渡った彼は、未開の島に辿り着き、出会った魔獣たちと仲良くなる。その頃王国では、ワークを追放したことで様々なトラブルが起きていたのだが……ワークはそんなことなど露知らず、持ち前の魔導建築の技術で建物を作ったり、魔導重機で魔獣と戦ったりと、島ぐらしを大満喫する!
●定価:1320円(10%税込)　ISBN 978-4-434-28909-5　●illustration:ファルケン

この作品に対する皆様のご意見・ご感想をお待ちしております。

おハガキ・お手紙は以下の宛先にお送りください。

【宛先】

〒150-6008 東京都渋谷区恵比寿 4-20-3 恵比寿ｶﾞｰﾃﾞﾝﾌﾟﾚｲｽﾀﾜｰ 8F
（株）アルファポリス　書籍感想係

メールフォームでのご意見・ご感想は右のＱＲコードから、
あるいは以下のワードで検索をかけてください。

アルファポリス　書籍の感想

ご感想はこちらから

本書は Web サイト「アルファポリス」（https://www.alphapolis.co.jp/）に投稿されたものを、改題・改稿のうえ、書籍化したものです。

えっ、能力なしでパーティ追放された俺が全属性魔法使い!?
～最強のオールラウンダー目指して謙虚に頑張ります～

たかた ちひろ

2021年 8月 30日初版発行

編集－小島正寛・村上達哉・宮坂剛
編集長－太田鉄平
発行者－梶本雄介
発行所－株式会社アルファポリス
〒150-6008 東京都渋谷区恵比寿4-20-3 恵比寿ｶﾞｰﾃﾞﾝﾌﾟﾚｲｽﾀﾜｰ8F
TEL 03-6277-1601（営業）　03-6277-1602（編集）
URL https://www.alphapolis.co.jp/
発売元－株式会社星雲社（共同出版社・流通責任出版社）
〒112-0005東京都文京区水道1-3-30
TEL 03-3868-3275
装丁・本文イラスト－たば（https://yoko-aki.tumblr.com/about）
装丁デザイン－AFTERGLOW
印刷－中央精版印刷株式会社

価格はカバーに表示されてあります。

落丁乱丁の場合はアルファポリスまでご連絡ください。

送料は小社負担でお取り替えします。


ISBN978-4-434-29265-1 C0093